U0134583

五環戰士

書中自有

德國篇

Volume ❸

召喚書靈教室 HOW TO BATTLE

Bonjour!

與【特殊能力系】不同，【物理戰鬥系】書靈一定是有形的個體，有的大得跟巨人一樣，可以擔當橫掃千軍的戰力。

一經召喚，物理系書靈就會持續出現。

OPEN

蓋上書本，就可以召回場上的書靈。

CLOSE

記得嗎？書靈一旦被擊殺的話，相隔24小時才能復活。

HP
24 Hr
Z

所以，看見書靈奄奄一息……

HP

就要盡速召回，保住戰力，伺機再出擊！

CLOSE

回來吧！

操作物理系書靈戰鬥的要訣：

攻擊距離（Attack Range）

因書靈而異，近則數米，
亦可以遠達數里。

回歸時隔（Return Interval）

30s

HURRY UP!

作戰時，必須考慮
書靈回歸的時間。
當書靈回到原書，
才能再被召喚。

自主行動（Own Will）

書靈都有自主意識，可自動追殺敵人，
但絕對服從書主的命令〔心靈感應〕。

共享視野（Point of View）

有些書靈可以
跟書主分享視野。

特殊技能（Special Ability）

例如《李爾王》的書靈
【雷鳥】有三項特技：
一是飛行，
二是無懼任何物理攻擊，
三是發出六道閃電。

想在戰場上活下去，
就要多讀書！
READ more
to SURVIVE！

Contents
【德國篇・目錄】

此書的所有內容純屬虛構，如有雷同，實屬巧合。

德國簡介
Bundesrepublik Deutschland

正稱是「德意志聯邦共和國」，位於歐洲的中心區域，因此自古就是烽火連天的戰場。所謂「德意志」，只不過是共同使用德語的民族，而其祖先同屬日耳曼人。

前身是神聖羅馬帝國，直到19世紀之前，帝國只是由眾多諸邦國組成，純粹是個有名無實的政體。直到普魯士王國崛起，出了俾斯麥這樣的軍事天才（史稱「鐵血宰相」），終於在1871年統一德意志，建立盛極一時的德意志帝國。

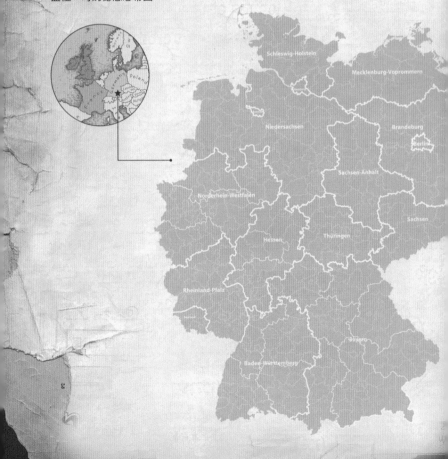

翻開書，進入幻想的世界——

主角團現時持有的書靈：

《茶花女》

絕望的牆壁

絕對防禦的透明玻璃壁。

《納尼亞傳奇》

亞斯藍

閱讀名著時，自動將原文
翻譯成熟悉的語言。

《孤星淚》

偷書賊

在不殺人的情況下，
奪得古書的擁有權。

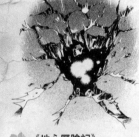

《小王子》

眩目閃光

效果等同閃光彈。

《地心歷險記》

地底陷阱

令視線範圍內的泥土消失。

《羊脂球》

滾滾泡泡球

包住物件或人體的透明滾球。

※莎氏之力 Shakes-Power※

《哈姆雷特》
皇家衛士

極高防禦力／SA：千分之一秒的反擊

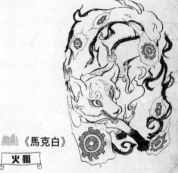

《雅典的泰門》 **石化效果**

《馴悍記》 **沉默效果**

《巴黎聖母院》 **特例復活**

在24小時內召喚R.I.P.的書靈。

《馬克白》
火狐

極高速／共享視野／
SA：飛行、傳染特殊效果

《十四行詩》 **淨化**

解除大部分特殊能力施加的效果。

THE STORY・前文提要

妮妮帶方士勇進入地下世界，兩人成功將「黃・五環書」密送到英國。在攸關國家存亡的王宮保衛戰，方士勇立下奇功，眾志成城阻止了敵人的侵略。正當人民期待巴斯王子繼承王位，海邊卻漂來了國王的求救信……

方士勇
Matt Fon

妮妮
Nicolette Nisabeth

巴斯
Bath Stewart

Chapter 1

夢的解析
Die Traumdeutung

夢的解析
Die Traumdeutung

1

有時候，我不得不稱讚自己是個天才。

在英國王宮保衛戰，我立下了大功，擊殺了康沃爾公爵和他的暗黑破壞龍。

這是足以讓我吹噓一輩子的事蹟，本來以為報章記者會來訪問我，結果焦點全落在王子巴斯的身上。我知道，這是王室的操作，現在國家處於戰時狀態，公爵又勾結敵國勢力，民眾需要的是團結人心的英雄。

「對不起，我不是故意搶走你的功勞。」

巴斯竟然親自對我道歉？

未等我回話，巴斯已經轉身，態度囂張地說：

「哼！我不得不承認，你有顆狡猾的頭腦，很會賣弄小聰明。我始終相信，僥倖只是偶然，小狐狸永遠只能仰

望獅子。我會努力鍛鍊自己，成為你靠賤招也無法戰勝的強者。」

這傢伙是來找碴的嗎？

每次跟他聊天，都會觸怒我的神經。

我生氣，因為我知道他真的說到做到。

今天原定是巴斯的登基典禮，但駐守東南岸的海軍撿獲玻璃瓶，瓶裡竟然有國王的求救信。之後，又有沿岸的居民陸續通報，發現漂流過來的玻璃瓶，同樣密封著捲成一條的求救信。一看見信上的封蠟和印章，大家就知道事態非同小可，既然國王尚在人世，登基典禮就要擱置。

一傳十，十傳百，報章頭版轉印了信的內容：

「康沃爾公爵、崔斯坦子爵和貝迪維爾男爵投靠了浮士德，他們是英國的叛徒！在我被押送到漢堡的航途上，英勇的海盜暨英國的朋友海明威先生拯救了我。因為海道封鎖，我倆正藏身在不可透露的地點，只有史蒂文森上校 (Col. Stevenson) 可以找到。」

這幾天，王室內部鬧得熱烘烘的。

我又回到無所事事的日子，妮妮鎖起了《納尼亞傳奇》，所以我唯一能用的書就是《臭臭貓》。臭臭貓真的很臭，王宮裡的人不喜歡它，但我將它視為摯友，操縱它去作

弄那些得罪我的傢伙。

「*Smelly Cat*！」

書頁間噴出一團紫煙，一隻又黑又髒的貓飄浮在半空。

這陣子，妮妮和巴斯又丟下我，從早到晚在大禮堂裡閉關。

孤男寡女獨處一室，我覺得很有調查價值……為了偷看兩人是否有不可告人的秘密，我站在禮堂的外面，指使臭臭貓飄過禮堂大門上方的漏窗。

我閉上眼睛，就會浮現臭臭貓的視野。

只見妮妮與巴斯面對面站立，巴斯雙手各握一書，一副沉心靜氣的模樣。數秒後，半空出現一團火焰，膨脹的火勢疾捲成大火球，眨眼間化為全身冒火的飛狐。

巴斯接著吟誦：

「*The Taming of The Shrew*！」

火狐的嘴巴出現一個「**X**」形的圖紋，就像有封箱膠帶封住了嘴巴。

雙手召喚！

我心中疾呼。

這是高級的戰鬥技巧，沒想到巴斯已經運用自如，同時召喚出《馬克白》和《馴悍記》的書靈。

　　我親眼見識過四大悲劇的威力，真的好想召喚出那麼帥氣的書靈！

　　臭臭貓躲在遠處偷看，巨大的火狐在巴斯的頭頂上飛舞了一會，倏忽之間竟飛到了臭臭貓的面前，著實嚇了我一大跳。

　　火狐張嘴噬咬，千鈞一髮之際，臭臭貓閃到了下面。儘管逃過致命的一擊，貓尾巴和屁股還是著火燒起來了。

　　咔！

　　突然，耳邊出現開門聲，當我睜開雙眼，妮妮已經近在眼前。

　　「臭臭貓臭得跟屁造的一樣，不准你再用！」

　　妮妮兇巴巴瞪著我。

　　我蓋上了書，笑嘻嘻道：

　　「嘻，真希望有召喚巨大蟑螂的書。對了，我也想變強喔！好歹我也是妳的救命恩人，我也想學習新招，妳怎麼不教教我？」

　　妮妮翻了翻白眼，沒好氣地問：

　　「我吩咐你去讀莎士比亞的作品，現在進度如何？」

　　「呃……全都是古老的英文，對我來說太難了！我翻了頭幾頁，就真的讀不下去。」

妮妮居然沒有斥罵,一副將我視作透明人的態度,回身走向巴斯。這時候巴斯正朝門口走來,火狐亦已消失不見。不知是否故意氣我,妮妮對巴斯不吝讚美,高聲道:「不錯啊!明天繼續努力。只要有心向學,你就一定做得到,絕對會進步神速。」

巴斯經過我身邊的時候,只是悶吭了一聲。全王宮之中,只有我拒絕尊稱一聲「王子殿下」,而他也奈何不得。

等到巴斯離開,我就向妮妮耍貧嘴:「巴斯知道妳跟我去約會的話,他會不會心碎得想死呢?如果妳想一腳踏兩船的話,我是不會讓妳得逞的喲!」

妮妮翻白眼翻到沒眼珠了。

其實今天是首相邱吉爾約了我倆小聚。

可以和邱吉爾交朋友,共患難找樂子,這樣的事只怕我說出來,現實世界的朋友都不會相信。

來到唐寧街十號,我和妮妮一進書房,就看見火爐旁的邱吉爾。邱吉爾直接用火爐的柴火,來點燃手上的雪茄。他和妮妮閒話家常之後,忽然湊過來,摟住我的胳膊。

「嗨,小伙子,有件事要你委屈一下。」

聽到這種語氣,我縮起了胳膊,打了個哆嗦,知道一定不會是好事。

「甚麼事？」

邱吉爾由書櫃上抽出一本書，那個厚度足以當成殺人的凶器。

「這是盧梭的《懺悔錄》，這本書你聽過嗎？」

未等我開口，妮妮已搶著回答：

「嗯，他知道的，我向他示範過這本書的特殊能力。」

——**回顧曾經打敗過的敵人的心路歷程。**

這就是《懺悔錄》的特殊能力。

我看著邱吉爾，心中湧現不祥的預感。果然，他開始說服我，首先稱讚我是擊倒康沃爾公爵的大英雄，然後說甚麼只要我能用《懺悔錄》，說不定就能從公爵的回憶之中查探重要情報……

聽完一堆溢美之言，我只在乎一件事，便問：

「這本書有多少頁？」

「不算多。大約六百多頁。我的話，一個晚上可以讀完。」

就算沒照鏡子，我也知道自己的臉色如同死灰。

邱吉爾手執拐杖，擋在了門口。他和妮妮交換了眼色，兩人似乎早就串通，不容我有反抗的餘地。

不久，我就身處在重門深鎖的密室。

因為我不懂法文，妮妮借了《納尼亞傳奇》給我，但為了防止我叫出亞斯蘭開溜，所以密室狹窄得好像船艙的客房一樣。

妮妮貓哭耗子假慈悲，安慰我說這裡是全城最好的「自修室」，對很多人來說是夢寐以求的體驗。

密室裡只有床和書桌，天花頂莫名其妙有盞生鏽的吊燈。吊燈的中圈有個奇怪的金屬裝置，原來是個頭罩，可以拉下來套住頭顱。

好奇心驅使之下，我試了一試，一旦鏈索定位，當我垂頭就會勾起我的頭髮……居然有人發明出這種防止打瞌睡的刑具。

好殘忍。

實在太殘忍了！

他們居然將一個有閱讀恐懼症的男孩關起來，強迫他去讀盧梭寫的牢騷作品。

通宵達旦，日以繼夜，我不知嘔吐了多少白泡，才將《懺悔錄》翻到最後一頁。

經過這一次慘無人道的折磨，我變得更加討厭讀書！

《懺悔錄》是盧梭的遺作，這位哲學家跟妮妮一樣是法國人。當我使用《納尼亞傳奇》的特殊能力，只要翻開書，

自動翻譯的內文就會映入眼簾，感覺就像戴著高科技的智能隱形眼鏡。

將近三個星期，十八天苦難的日子，我都活在煉獄一般的「自修室」，而妮妮身兼獄卒的角色，早午晚都來監督我的讀書進度。

嗚……

在無數個孤苦無助的夜晚，我都忍不住啜泣。

有一天我突然崩潰，破壞木床發洩。他們收走爛床之後，就換來了一堆禾稈草。

我只好含著淚睡在禾稈草上面。

彷彿是女惡魔在夢中呢喃：

「太好了，你終於讀完這本書。果然，對你這種不思進取的懶人，用強迫的才會有效果。」

這個早上，妮妮踢醒了我。

「你們都沒有人性！喪盡天良！」

半睡半醒之際，我歇斯底里怒吼。

妮妮瞪住我，冷笑道：

「《懺悔錄》是盧梭的自傳，記載他受壓迫的一生。你讀完整本書，有甚麼感想嗎？」

「我想撕書——不！開玩笑的……我覺得作者是個『德

低望重』的人渣，除了吃軟飯，還將五個兒女直接送到孤兒院……他常常覺得自己受逼害，我懷疑他有被害妄想症！」

妮妮竟然噗哧一笑。

「不錯。有共鳴就好。今天我們試一試，看看你修行的成果。恭喜！你可以出門了！」

作家死後進入地下世界，都會帶來自己的作品。唯獨最初帶來的正本蘊藏書靈的力量，正本一旦損毀，書靈也不得復生。看來大家提防我會發瘋撕書，因此給我翻閱的只是複印本。

當我來到軍方的議事廳，邱吉爾和史蒂文森上校都在座上。

長桌上玻璃罩裡擱著的古書，正是《懺悔錄》的正本。

「*Les Confessions*！」

唸出書名，就是召喚的咒語。

我沒有令大家失望，成功使用特殊能力，追溯康沃爾公爵的回憶。

攤開的書頁冒出一道強光，浮現一個半透明的迷你劇場，就像立體的全息投影一樣重現過去的場景……

2

半空的迷你劇場有聲有畫，重現康沃爾公爵記憶中的場景。

只要當事人化為星塵，《懺悔錄》就能讀取他殘留在世的記憶。

既然是源自回憶，所以公爵不記得的瑣事，譬如洗臉刷牙這些無關痛癢的情節，都不會在這個劇場上演。反之，愈是深刻難忘的記憶，又或者是愈近期的遭遇，都會在這個劇場呈現清晰的影像。

公爵啊公爵，原來有很多怪癖。

他會穿著燕尾服在泳池暢泳，他會抱住和親吻石頭睡覺，他會用挖出來的鼻屎堆砌成噁心的模型……

看完一些不堪入目的回憶，我終於在時光的畫廊看見了西敏寺。

劇場上的舞台變成了西敏寺的內廊。

天幕映出沉寂的月色和月亮，後台傳來烏鴉聲。

就在主禮拜堂的祭壇旁邊，漸漸浮現國王和王后的石像。〔**這情景我也見過，國王和王后中了《雅典的泰門》的石化效果，因此變成了兩尊石像。**〕

　　三個穿著兜帽披風的人出場，後面跟著兩匹馬，牽著一架木頭車。三人持著油燈，燈光也隨著三人的腳步移動，最後停了在國王的石像面前。三人同時揭開兜帽，真面目正是康沃爾公爵、崔斯坦子爵和貝迪維爾男爵。

　　康沃爾公爵爬上木頭車，揭開黑布，布裡藏著的貨物竟是石像──就像是複製的道具，和國王石化而成的石像一模一樣！

　　「呵呵，你們看得出差別嗎？只要有錢，就請得起最好的雕刻家。」

　　崔斯坦子爵也爬上車，幫忙將石像搬下來，由貝迪維爾男爵在下面接應。旁觀者都看得出來，這三個謀逆不軌的叛臣，就是要用仿造的石像，來調換國王的真人石像。

　　由於在場沒有其他人，康沃爾公爵說出自己的罪行：「《雅典的泰門》的特殊能力真好用……我藏了這本書好久，也等了好久，去年才有機會下手。」

　　崔斯坦子爵笑著回話：「你真是心狠手辣，將國王變為石像之後，又將他運去德國當人質。」

　　「不然幹嘛要留住他的命？一來向浮士德大人表示效忠，二來就算我們行動失敗，也會有籌碼跟王室談判，要他們用古書來贖人。」

「是的。王室獨佔了太多厲害的古書。」

聽到這番回答，康沃爾公爵的眼睛像野貓一樣發亮，這雙眼明顯飽含憤恨。

「我在戰場上立下汗馬功勞，王室只給我封爵……有個屁用！我想要的是書啊！我想要強大的書靈！」

崔斯坦子爵歎了口氣，接話道：

「你應該也心知肚明吧？他們擔心有人造反。」

「哼！那又如何？」

康沃爾公爵走到國王的石像前面，指著國王的鼻子痛罵：「要是不造反，我們很快就會亡國！你這個昏君懦弱無能，只會將英國帶向不幸的未來。」

貝迪維爾男爵一直東張西望，忍不住催促：

「不要再磨蹭了……我們快辦事，快離開吧……」

康沃爾公爵乾笑了一聲。

「怕甚麼？你們看看，這是甚麼東西？」

向著兩名同謀，康沃爾公爵解開鈕釦，撥開披風，展示皮革腰帶上掛著的三本書。那三本書就像槍套般緊繫腰帶，當公爵逐一抽出，置疊掌上，古書的封面不斷閃出奇異的光澤。

崔斯坦和貝迪維爾同感駭然。

貝迪維爾顫聲道：

「為甚麼……這三本書，不是已經在戰場上損毀了嗎？四大悲劇，尚存的只有《哈姆雷特》……」

康沃爾正欲開口，崔斯坦卻搶先回答：

「《物種起源》。」

一聞言，康沃爾就不說話了，只是微笑以對，即是說默認了崔斯坦的答案。

〔**我也想起來了，《物種起源》的特殊能力是修復被毀的古書。書靈是顯現的力量，古書才是本體，就像我們的肉身一樣，本體損毀到一定程度的話，書靈就會不能復生。**〕

康沃爾嘿嘿的笑聲又在舞台上響起。

「嘿！這三本書是浮士德大人賞賜的禮物。有了這樣的力量，單憑我們三個，就足以攻佔倫敦。」

貝迪維爾的眼神始終閃爍不定。

「我們真的要投靠浮士德嗎？」

「結束戰爭的方法只有一個。當這世界只剩一個國家，世上不會再有戰爭。」

「只有一個國家？這不就是獨裁嗎？」

聽到這裡，崔斯坦子爵忍不住幫腔：

「蘇格拉底說過，無知即罪惡。古希臘人崇尚的民

主，並不是我們現在的民主，而是禁止無知的笨蛋投票。只要由賢明的君主和智者治國，這樣就不算獨裁。」

康沃爾一臉悠然神往，彷彿鬼迷心竅一樣。

「蘇格拉底正是浮士德重用的丞相，最得力的左右手。文有蘇格拉底，武有但丁大將軍，這樣的帝國豈會不興盛？浮士德大人已向世人證明，他已盡得《國富論》的真諦，在他管治之下，人民都會富起來。」

這三個傢伙說完一堆廢話，終於運走了石像，隨著眾人離場，舞台上的所有燈光亦同時熄滅。

〔邱吉爾在我耳邊嚷道：「去找公爵跟浮士德見面的回憶！」我大費心神，一直摸著《懺悔錄》瞑想，終於搜索到這一段回憶。〕

迷你劇場換幕，變成古堡裡的場景。

殿堂的柱間掛滿黑色的旗幟。

有一個老者走向前台。

隨著他愈走愈近，面容也愈來愈清晰──

扁鼻厚唇，禿額凸眼，羊毛般纏繞兩頰的頭髮，一直延綿到整個下巴。雖然他是矮小駝背的老人家，但腳步很穩健，雙眼閃出睿智的光芒。

〔妮妮低呼一聲：「蘇格拉底。」我很想問蘇格拉底是

甚麼名人，但為免遭受取笑，所以還是算了。〕

原來公爵在場坐著，只是沙發擋住了他的身影。

「康沃爾公爵幸會，抱歉要你久等。」

公爵聞言，站了起來，與老者握手示好。

「浮士德約了我密談，他甚麼時候會過來？」

「陛下不會過來的。」

「為甚麼？」

「因為他在沉眠──」

老者接著解釋：

「陛下能駕馭那麼強大的古書，就要消耗大量的精神力。但他的精神力也不是無窮無盡，這就像是發國債的道理，他可以透支精神力來使用，之後就要休息補眠。」

康沃爾公爵露出大失所望的表情。

「那他甚麼時候會醒來？」

「快了。大約再等半年，陛下就會甦醒。」

「半年？他明明約了我密談。這樣豈不是騙我？」

突然，殿內發出綿延不斷的怪聲：

「康沃爾公爵……康沃爾公爵……」

公爵轉身兩圈，不見說話的人，於是大聲疾呼：

「你是誰？」

鬼魅般的聲音就好像由後台傳出來：

「我是你內心潛藏的邪惡念頭，而我可以實現你的一切願望。」

公爵驚訝得咋舌不下，似乎已猜出誰在幕後說話。

「你要和我交易，把靈魂抵押給我嗎？」

虛無縹緲的聲音震攝人心，環繞殿內產生回響。

老者端來金色的托盤，盤裡有三本書。

那三本書竟是——

《馬克白》、《李爾王》和《奧賽羅》。

康沃爾公爵眼也不眨，盯著這份夢寐以求的見面禮。

殿內又響起恍若千里傳過來的聲音：

「即使是出賣靈魂，也要找個付得起價碼的人。我給你的賞賜，就是征服英國的力量——拿去吧！一旦你成功了，英國就是分封給你的領土——」

只要和浮士德交易，就能獲得黑暗的力量。

人性因恐懼而追求秩序。

但這種秩序又滋生侵害每一個人的極權。

哪怕只是惡魔的花言巧語，世人還是會相信假希望……

3

根據邱吉爾首相整理的時間線，康沃爾公爵在去年十月將國王石化，而浮士德接獲這個情報，就在三個月前約公爵到德國密談。浮士德看穿了公爵內心的慾望和恐懼，便慫恿他勾結同黨造反。

英國國王阿倫八世尚在人世，也就是說國王的求救信是真的。

再深入搜查公爵的回憶，也沒發現其他重要的情報，而我在嚴重透支之下就昏迷了。

醒來時，已是第二天的下午，要不是妮妮弄醒我，我應該可以睡到深夜。她催促我收拾行李，原來在一夜之間，軍方已成立「特別偵察小隊」，前往德國展開搜救行動。

「首相把這個任務交託給我，我就是小隊的隊長。」

當晚，妮妮就要聯同海軍出發。奴隸政策在這個世界依然有效，所以我又要當妮妮的小跟班，負責幫她揹行李……野外求生的裝備都很重，而且還有那麼多硬皮古書，不用說又是一件苦差。

邱吉爾要留守大本營，因此這次海外任務的指揮權，就交由史蒂文森上校負責。

外交部長雪萊夫人來了送行，當初我被夫人弱不禁風的外表騙了，殊不知她是個狠角色。

那陣子我常常用臭臭貓作弄女僕姐姐，妮妮知道了，就抓了我去雪萊夫人那邊接受「輔導」。雪萊夫人不打不罵，只是強迫我聽了一個小時的恐怖故事……事後我才知道她是《科學怪人》的作者。

臨別前，邱吉爾拍了拍我的屁股，在我耳邊叮嚀：

「嗨，小伙子，對於所有軍事上的情報，還有珍‧奧斯汀小姐的身分和住所，你都要守口如瓶啊！守不了秘密，我就要派人殺你滅口！」

「嘿嘿……」

我只露出傻笑，真的不懂他的幽默感。

在傍晚出發是為了避開人潮，可是走漏了消息，當我們坐馬車出城的時候，城門口還是站滿了市民和記者。

我知道，這些人是要來一睹妮妮的風采。

這個月英國都在盛傳「救世主傳說」，我在王宮裡撿報紙來看，不時看見妮妮登上頭版。標題一再強調「**她是預言中的救世主**」，內容十不離九都是：「**X年X月X日，帶著『五環書』進來地下世界的召喚師，騎著金黃色的獅子進城，她就是可以戰勝浮士德的救世主！**」

加上有狗仔隊拍到妮妮與巴斯出雙入對的照片，這樣的新聞在炒作之下，自然成為全民矚目的熱門八卦。不過，救世主的預言來自小道消息，我懷疑是政治宣傳，但只要可以振奮人心，好像並不是甚麼壞事。

在馬車裡，我偷瞄著妮妮，發現她對民眾的熱情無動於衷，依然是冷艷美人兒的模樣。

說起來，浮士德是妮妮親弟弟這件事，似乎就連巴斯也不知情。妮妮曾警告我不准說出去，為此我還被迫立下毒誓……怎麼我總是聽到一些會招來殺身之禍的秘密？

「如果要和弟弟決一死戰，她真的可以痛下殺手嗎？」

我想了不夠十秒，就開始打瞌睡。

不久，當我睜開眼睛，眼前已是夜幕覆罩的軍事海港，沿著黑夜的地平線，停滿了氣勢磅礡的大型軍艦。

看著軍艦，看著大海，我不由自主興奮起來。

準備啟航！

新的冒險開始！

今次出勤的艦隊由四艘戰列艦、一艘驅逐艦和一艘巡洋艦組成。皇家海軍艦隻的命名方式很特別，皆是源自知名的小說角色。今次我們登上的是裝甲巡洋艦，艦名叫「HMS Caspian（**卡斯柏號**）」。而史蒂文森上校所在的戰鬥

主艦，就是大名鼎鼎的「HMS Gulliver（**格列佛號**）」。

「特別任務小隊」另外還有六名成員，都是由海軍陸戰隊選拔出來的精英。

登上卡斯柏號的一刻，我才知道小隊還有非人類的成員，那是一條黑白毛色的邊境牧羊犬。明明我甚麼都沒問，妮妮偏偏就要解釋：「邊境牧羊犬源自蘇格蘭和英格蘭的草原，智商在犬類之中排名第一，說不定比你還高呢！」

史蒂文森上校的計畫是沿著德國的北海岸搜索，針對的範圍集中在不萊梅至漢堡之間。

我們乘搭的是軍艦，當然不能大搖大擺駛入敵國的海港。所以，軍艦會在荷蘭的軍港停泊，特別偵察小隊的成員偽裝成旅客，徒步走到阿姆斯特丹，再轉乘渡海客船前往鄰近的德國港口。

往荷蘭的航程是十個小時，預計在明早六點就會抵岸。在此之前，我未搭過夜航的船，本來是很嶄新的體驗，但我太累了，一進船艙就想睡覺。

軍艦上的臥室空間非常狹窄，小房間裡有六張床，左三張右三張，分為上、中、下三層臥鋪。床框和牆板都是米灰色的金屬，中間掛了一幅風景畫，畫中山的山峰好像是一座名山，名為「Book-Bed Mountain（**書床山**）」。

因為海員都在執勤，整間臥室就由我獨佔。帶我進來的海員還說：「今晚不會有其他人上床睡覺，如果你想關門的話，也不會有大礙的。」

太棒了！

我不僅關上門，還鎖上了門。

這樣一來，妮妮要叫醒我的話，就只能用拍門這種比較溫柔的手段。

關燈之後，我合上了眼皮。

外面風平浪靜，但我不知怎的就是睡不好。

意識浮沉之際，我好像聽到了一些怪聲，心想只是自己多疑，便懶得睜開眼看一看。

我開始胡思亂想，想起雪萊夫人說過的〈猛鬼郵輪〉故事……詭異的敲門聲、飄浮的棉被、流出血水的水龍頭、到處出現的濕腳印……

突然，我感到有手掌拍打我的小腿，慢慢的一下，又慢慢的一下，隔著棉被經過我的大腿和腹部，最後壓住了胸口，令我呼吸困難。

「不可能的！我明明鎖上了門，也沒聽見開門聲！」

驚恐間，我在黑暗中醒來，目光順著狹小的臥鋪空間，瞟向床尾的位置。

果然有異物——

那是一個男人的面龐！他在床尾盯著我！

4

撞鬼？

有男人的鬼魂侵犯我。

我在怕甚麼啊？

這個世界的所有人，本來就是靈體啊！

艙室的燈光赫然亮起，我彈起之後靠牆站立，定眼看了看，剛剛嚇我的那張臉英氣煥發，屬於一個我既熟悉又討厭的傢伙。

「你睡得真熟呢！我拍了好多下，最後用書壓住你的胸口，你才願意醒過來。嚇著你不好意思，我一直匿藏在這個房間，哪知會這麼倒霉，遇上你進來睡覺。」

眼前的金髮少年正是巴斯，還以為離開王宮就不會見到他，沒想到還是冤家路窄。

我睞眼瞪住巴斯，裝出厭煩的嘴臉。

「嗨，你是高貴的王子『墊下』，為甚麼要偷偷摸摸跟上船呢？」

巴斯對著鏡子整理衣裝，有別於平日的宮廷服飾，他穿著的是黑色的軍裝，胸前佩戴獅紋的黃金徽章。他不懷好意睨了我一眼，才回答剛剛的問題：「還不是因為你。」

我故意將雙眼瞇成一直線。

「因為我？你故意上船，就是想跟我同室共寢麼？」

巴斯搖了搖頭。

「只靠你當妮妮的護衛，我非常的不放心……」

既然他有小覷我的意思，我當然要還以顏色。

「唔……我現在就要去找妮妮，向她報告這裡出現了跟蹤狂。」

果然如我所料，巴斯皺了一下眉頭。只要有人告狀，他離宮出走的計畫就會告吹。我期待的是他低聲下氣懇求的場景，殊不知巴斯由口袋裡拿出一本書，反過來威嚇道：「別迫我用《馴悍記》。」

這傢伙的頭腦變靈光了……《馴悍記》的沉默效果，的確可以令我閉嘴，這本書實在是入屋行劫綁架擄人勒贖的絕妙好書。

對峙了一會之後，我坐回臥鋪，掀了掀棉被。我沒好氣地說：「我懶得管你。你別吵我睡覺就好。」這次讓步，就當是賣個人情給他好了，反正我最清楚妮妮的惡女本性，

這個痴情的王子日後必定後悔。

　　咔！當我起身去關燈，才回頭兩秒，腦後傳來「咔」的一聲，原來是巴斯又再開燈。

　　「喂，慢著，在你睡覺之前，我要問你一些事情。」

　　「你煩不煩啊？」

　　巴斯不管我的不滿，當面質問：

　　「此行的表面目的是去搜救父王，實際是去尋找海明威吧？不知用騙的還是搶的，海明威由H.G.威爾斯的手上，奪得了《時間機器》一書。首相去找過奧斯汀小姐，借助《理智的感性》的特殊能力，證實了這件事。」

　　我沉默以對，心中一凜：「我真的不知情耶……該不會又要聽到一些不想聽的機密吧……」

　　巴斯自顧自說下去：

　　「《時間機器》的特殊能力是『時光打字機』，可以重現一部作品的創作過程，顯現作者的名字。中央研究院和情報機關都失敗了，無法解讀妮妮帶來的『黃・五環書』。邱吉爾先生甚至親自打開檢閱，翻來翻去都是毫無頭緒，那竟然是一本『無字天書』。史蒂文森上校的《金銀島》可以探測書名，但只能探測成功召喚出來的書靈，所以大家都是一籌莫展。」

　　我對這樣的結果並不意外，早在將「黃・五環書」送到英國之前，妮妮已徹頭徹尾翻閱過無數遍。問題就在一個字也沒有，別說是解讀，就連作者是誰，原文是甚麼語言，至今仍是天大的謎團。

　　「我知道，現在只剩三個月的時間，浮士德就會恢復精力完全甦醒。換句話說，我們只剩下三個月的時間。要是無法解開五環書的秘密，英國就會完蛋！這次的任務如此重要，我實在無法待在王宮空等！」

　　巴斯說得慷慨激昂，可是我忍不住打了個呵欠。

　　「我可以睡覺了嗎？」

　　「對了，我要問你……你看過康沃爾公爵的回憶，那麼你應該很清楚他的想法。到底他是被浮士德洗腦，還是本來就有加害父王之心？」

　　聽到這個問題，我登時一愣。

　　回想公爵將國王石化的時間，其實是在會見浮士德之前……說是「會見」也不對，因為公爵從沒見過浮士德的真面目。至於有沒有洗腦，我想說的是沒有，但這不是巴斯想聽的答案。

　　「總之我看見的公爵，他是一個壞人。」

　　「甚至壞得要殺死我嗎？」

「這還用問嗎？他當天就是對準你發砲。」

巴斯沉默了半晌，才滿懷傷感地說：

「你知道嗎？康沃爾公爵是父王的堂弟，我一直以姪子的身分尊敬這位叔叔。」

天呀！原來是骨肉相殘的戲碼。我聽到這個驚爆的真相，不禁同情巴斯的遭遇。

巴斯自怨自艾地說：「為甚麼英國要有國王？我就是不明白，為甚麼要憑血統來繼承王位？在以前的世界是這樣，在這個世界也是這樣。」

我沒有要安慰他的意思，並且直斥其非：

「就算沒有國王，只要是為了權力，大家還是會殺來殺去。森林法則，勝者為王，你懂不懂？」

巴斯不忿道：

「我就是不想當國王。」

我彷彿看透了他的心思，毫不避諱地問：

「哦……你希望救回國王，就是因為這緣故嗎？」

巴斯只是垂頭盯著地板，沒有正面回應。

某程度上，我覺得他是在拖延時間，只要艦隊遠離英國，他這番私自出走的大計就會得逞。

嘟、嘟、嘟嘟！

艦艙內響起了急促刺耳的警報聲，循環的鳴音夾雜著人聲的廣播，廣播中用了一些海軍的口令，雖然我聽不懂，但我肯定外面發生了緊急的大事。

「戰鬥準備！可是我……」

巴斯神色凝重，話只說了半句，就打開門出去，沿著狹窄的走道直奔。警報聲響個不停，我再睏也不可能睡得著，只好跟著出去看一看情況。

很快，巴斯的蹤影像老鼠一樣消失，當我來到旋轉砲台上方的瞭望台，只見艦上全員都在各自的崗位戒備。我置身的巡洋艦緩緩轉向，與其他艦隻組成戰列線。

不會吧？才出海沒多久，就要遇敵開戰？

書都在妮妮那邊，當務之急是與她會合。

我繞著環狀的瞭望台走動，目光眺望漆黑的夜空，驚見夜幕中飛來一個豔紅的身影。

那是大得誇張的黑色翅膀，長在紅衣人的背上，而那件飄揚的紅袍就像熾烈的火焰。

我見過這個人，同樣是在海上。

「但丁！《神曲》！」

5

皓月下，寂海上，紅色的死神飛近。

我們旁側的戰列艦響起了警報：

「不許動！你再前進，我們就開火！」

這番警告不僅阻嚇不了但丁，還好像刺激了他的戰意，令他擺出滑翔的姿勢，像獵鷹一樣俯衝加速。

轟炸！兩側橫向的戰列艦朝他開火，左一發右一發，轟出冒煙的砲彈。

眼見砲彈一前一後迎面而來，但丁低飛閃過第一砲，卻沒躲過精準狙擊的第二砲，全身瞬即沐浴在爆開的熊熊烈火之中！

火團消散之後，但丁露出巨翅包覆全身的姿態，剛剛的爆炸明明那麼猛烈，但他竟然毫髮無損！我遠遠觀戰，吃驚得連下巴也掉下來了。由此可見，那對巨翅除了能飛，還具備銅牆鐵壁的防禦力。

就在但丁張開翅膀之際，海面劃過一道彗星般的火球，由下而上突襲，直攻但丁下方的死角。可是但丁反應迅捷，收起了單翅，借助左右翅膀的壓力差，造成了不規則的升力，以半個身位的偏差躲過了火球的衝擊。

　　火球亮出真身，原來是疾飛的火狐，高空一個轉折，繼續追擊但丁。

　　一黑一紅，一閃一追，鳥人與火狐纏鬥了一會。但丁不是鵪鶉，而是老鷹，帶鋒芒的巨翅強而有力，很快就逆勢展開反攻。

　　火狐與但丁交手了幾個回合，不但無法灼傷他的身體，還差點遭受巨翅的夾擊。火狐也不戀戰，突襲失手之後，旋即撤退歸陣。

　　有速度有防禦力又有攻擊力……但丁的能力會不會太犯規了？難怪只憑《神曲》一書，這個大將軍就可以東征西討，近乎天下無敵。

　　「親愛的尼莎白小姐，剛剛跟妳過招很有趣，可是我今次不是來開戰的。浮士德大人想和妳談判，想向妳伸出橄欖枝，所以派我當使者過來交涉。我只說一遍——希望你們可以停火，否則我一旦生氣起來，免不了就會生靈塗炭！」

　　但丁從容不迫飄浮空中，哪怕所有艦隻的砲口都向著他，這個男人就是無畏無懼口出狂言。

　　就這樣沉寂了一會，由我上方傳來了妮妮的話聲：

　　「談判？你想怎樣談判？在這裡要談判的話，就請你先繳出手中的書。」

原來妮妮一直站在瞭望台的上方。

我立刻沿梯子攀爬上去，果然就看見了她。

巨大的火狐正在她的頭上飛舞，顯然是在提防著但丁來犯。

無論是誰召喚出火狐，操縱距離的極限都一定是兩百米。也就是說，但丁與妮妮之間的距離，大約就是兩百米，而她剛剛肯定是算準了才出手。

但丁又飛近一點，向著我們這邊宣告：

「妳要我繳出手中的書嗎？哈，可以！我正有此意。浮士德大人交託給我的差事，就是過來送一本書給妳。」

只見但丁愈飛愈近，無視跟著他轉向的砲口。平台上，妮妮知道我來了，打了個眼色，我便抱起她腳邊的大背包，準備隨時遞書給她。

瞭望台旁邊金光一閃，巨大的皇家衛士忽然現身，壓得船身沉了一沉。看來巴斯為了保護妮妮，已顧不得隱瞞自己偷渡上船的事。

但丁降落在最前端的甲板，與我們相隔五十米左右。但丁手上有兩本書，一本是羊皮書，另一本是硬皮書。這一刻他放下來的是硬皮書，大笑一聲之後，往後縱身，又再振翅高飛。

這個年輕的帥哥嬉皮笑臉，面向妮妮喊話：「真想讓妳嘗一嘗煉獄之火！可惜今晚不是時候……我有預感，我們很快又會再見。要和妳談判的是浮士德大人，看了我送來的書，妳一定知道該怎麼做。」

但丁隻身闖入艦陣，暢行無阻如入無人之境，成功演出一齣戲耍英軍的惡作劇。我們睜眼看著他飛走，等到烏雲吞噬了他的身影，妮妮才如釋重負呼出一口氣。

皇家衛士湊肩過來，垂臂形成一條滑梯，讓我和妮妮滑向前面的甲板。因為我揹著大背包，落地時重心偏移，不小心摔了一跤，最氣人的是聽到了巴斯的笑聲。

妮妮只跑了十來步，就來到剛剛但丁停留的地點，撿起地上的書。

「《夢的解析》，佛洛伊德的著作……原來是這麼一回事，我明白了……」

妮妮一邊走回來，一邊對我和巴斯說話。

難得可以賣弄學識，我率先開口：「佛洛伊德！我認識他！他是心理學的鼻祖吧？我記得，他提出過一些心理變態的理論，總是把幹話和媽媽掛在嘴邊。真奇怪，但丁為甚麼送這本書給妳？」

妮妮失神了一會，才緩緩回答：「《夢的解析》的特殊

能力是『共享夢境』。只要這本書的書主同時睡覺，就可以在夢境裡相見。浮士德是原書主，他這樣做的意思，就是邀請我進入他的夢境。」

月亮出來了，月光傾瀉在她的臉上，令我想起在荒野露宿的那個晚上，她也曾經露出這種憂傷至極的眼神。

6

妮妮仰望空蕩的夜空，唸唸有詞：「為甚麼但丁知道我的位置？怎麼每次一出海，他都找得到我？」

誰都看得出來，但丁正是衝著她而來。我暗暗覺得，浮士德始終顧念妮妮是親姊，不會真的要派人痛下殺手。

妮妮側過臉，轉向巴斯問：「你怎麼會在這裡？」

「因為我擔心……英國的存亡，我無法袖手旁觀。」巴斯頓了一頓，又說：「請妳想一想……如果遇上但丁那樣的強敵，妳和我合力用四大悲劇的書靈應戰，是不是才有勝算？這次的任務極為重要，實在不容有失啊！」

這番話似乎說服了妮妮，她沒說甚麼，很快又陷入深思之中。

隔了半晌，妮妮彷彿在自言自語：「浮士德可以稱霸世

界，關鍵就在他召喚出『黑‧五環書』的書靈……他正在長眠，只要進入他的夢境，也許就有機會窺探他的記憶，解開五環書的秘密。」

巴斯指著妮妮手上的書，憂心地問：

「使用《夢的解析》，會不會有危險？」

妮妮想了一想，才說：

「以我所知，夢歸夢，現實歸現實，就算在夢裡死了，也只是驚醒過來。我不相信浮士德可以違反靈魂規則，在夢裡絕不可能召喚書靈。」

巴斯提出一個主意：

「書是浮士德給妳的，既然妳已成了書主，不就可以分享使用權嗎？妳讓我們一同進入夢境吧！有我們保護，總勝過妳單獨去見浮士德吧？」

不知怎的巴斯拖了我下水。我倒是無所謂，便隨口附和：「哈，我唸小學的時候，曾拿過全校睡覺比賽的冠軍獎座。在夢中打架的話，我應該比誰都厲害！」

我知道這是個很爛的玩笑，但妮妮還是「噗哧」一聲笑了出來。

甲板上的海風吹起淺藍色的長髮。

妮妮若有所思，雙手抱住《夢的解析》，就像懷裡的東

西是個毛娃娃。

「給我時間想一想。我也要花時間重讀這本書。」

艦隊重返航道，不時播放令人心煩的警報。我睡意全消，忽然懷念「消夜吃杯麵」那樣的人生樂事。不過，這世界的人只需要「精神食糧」，讀了描寫美食的優美句子，就會有心靈上的飽足感……對我來說真是沒趣得很。

軍艦上的時鐘都很特別，一圈的刻度有二十四格。我回到艙室，睡來睡去都睡不著，三番四次看鐘，時針每次都往右移了幾度。

有甚麼催眠的好辦法呢？答案就是沉悶的書。我好不容易搜出一本《救生艇操作手冊》，躺在床上翻著翻著，正當我睡意漸濃合上眼睛，巴斯又敲門進來開燈。

「史蒂文森上校來了。我們現在要過去指揮中心那邊集合。」

巴斯的語氣就像在頒布軍令。

現在的時間是凌晨三點鐘。

到了指揮中心，我看見妮妮和上校已經在場。室內的桌椅都不見了，清空了中央的空間，繞牆竟然鋪著三張單人床墊。妮妮的樣子令我微微一怔，因為她正穿著睡衣──那是一套碎花上衣和寬鬆長褲，精緻得如同法國的時裝。

史蒂文森向著我說：「這次就由你和巴斯陪妮妮進入夢境，互相有個照應。我會在這裡守候，監察你們三個的魂體數值。如果有甚麼不對勁，我就會立刻弄醒你們。」

恰巧在這時，門外有海員推來了醫療器材。

妮妮接著解釋：「既然浮士德主動找我，我就奉陪到底吧！如果我的猜想沒錯，浮士德的記憶一定會透露五環書的情報。」

另一旁，巴斯露出靦腆的神情，我立刻明白他的心思。他這傢伙自認是紳士，不好意思和妮妮同處一室睡覺，所以才拉我加入這趟夢境之旅。

我盯著妮妮手上那本《夢的解析》……雖然她說過只是重讀，但只花三個小時就能理解這麼難的書，這簡直就是超人一般的閱讀能力。

當一切準備就緒，妮妮便唸出書名：

「*Die Traumdeutung*——」

一顆發光的棕色種子由書頁中浮出。

當妮妮將種子放在金屬地板上，種子竟長出牢牢捆住地面的根，接著向上伸延長成一株小樹，樹頂差點撐破天花板。樹杈上生出無花的嫩葉，結出了球根狀的果實。

我一看那些果實，雙眼瞇成一直線，不吐不快：「奶

嘴？這個形狀和大小，不就是奶嘴嗎？」

妮妮不當一回事地說：「這棵樹叫『同夢樹』，它會結出奶嘴形的果實。我們一人含住一個，一同入睡的話，就能進入同一個夢境。」

噢……我無言了。

好令人丟臉的特殊能力啊！

一如既往，我沒有反抗的權利。我就像嬰兒一樣平躺在床墊上，嘴裡咬住摘下來的木奶嘴。不幸中的大幸，這奶嘴比想像中好嗦，味道有點像奶油，隨著我源源不絕的唾液溢散開來。

含著含著，我的意識就像關機一樣瞬間變黑。

一同進入同一個夢境，感覺就像一同玩連線遊戲。

一黑一亮，畫面重啟。

再次睜開眼，我已置身在歐式的大客廳，明明屁股後面就是火爐，但我感受不到熱力。

老搖椅前面，聖誕樹旁邊，席地坐著淺藍色頭髮的小女孩，一身白底印花的冬季睡衣。我一眼就認出來了，她是童年時的妮妮！

Chapter 2

浮士德
Faust

第二章

浮士德
Faust

1

小時候的妮妮正在火爐旁看書。

比起長大後的惡女，這個小妮妮可愛極了！

我忍不住想捏一捏她的臉，可是無論伸手碰甚麼東西，手掌都會穿透而過。五感之中，只剩下視覺和聽覺，果然就跟平時做夢一樣。為了證明這一點，我還舔了舔桌上的聖誕拐杖糖。

妮妮和巴斯逐一浮現，原來我們之間可以溝通，卻碰不到對方。

「這是我小時候的家。」

妮妮目光閃爍，一對眼珠兒溜來溜去，我看得出她很懷念這個地方。

小妮妮身穿睡衣，可愛得令人暈倒！我湊近臉去看

她，惹來了巴斯的呼喝：「無禮的傢伙！你在幹甚麼？」我向巴斯做了個鬼臉，輕佻地回答：「我只是做了你很想做的事。嘻嘻。」

現在置身夢中，哪怕我胡作非為，他和妮妮也不能揍我呢！

巴斯果然生氣了，但隨即露出驚愕的樣子。我朝他的目光望去，竟瞧見小妮妮抽抽搭搭的啜泣起來，一顆顆淚珠咚咚的滴落書頁，嗚嗚的淚聲令人聽著心疼。

不知何時開始，在大廳轉角的樓梯下面，出現一個金髮的男孩，他就像雙眼鑲嵌著藍寶石的小王子，愁眉苦臉凝視著小妮妮。

小妮妮仰起了臉，向小男孩喊道：

「些諾！你怎麼還不睡覺？」

小男孩緩緩走近，拿著一條小手帕。

「姐，我睡不著。」

男孩的輪廓肖似妮妮，我閃過一個念頭，面向妮妮，不禁脫口而出：「他是妳的弟弟？那他不就是……」我睨了睨巴斯，擔心會觸犯禁忌，便把「浮士德」三個字吞回喉頭。

妮妮心不在焉地說：「不……他這時候叫些諾，只是個普通的男孩。」

　　與此同時，小妮妮傷心欲絕地説：

　　「爸媽不會回來了。他們是在另一個世界消失的，已經化為了星塵，那就是説……不可能再復活了……嗚……」

　　些諾舉起小手帕，輕輕幫小妮妮抹走眼淚。

　　「嗯。我也很難過。」

　　我只敢偷瞄一眼，大的妮妮正在強忍著眼淚，雙手都握緊了拳頭。

　　浮士德真是惡劣極了！他似乎可以操縱夢中的場景，強迫妮妮重溫傷心的回憶。

　　大廳的布穀鳥鐘整點報時，發出「咕、咕」的叫聲。

　　小男孩些諾走近窗邊，看著鋪滿雪花的玻璃，背對小妮妮説話：「十一點了，我們快去睡……聖誕老人差不多要來了。」

　　小妮妮回答：「些諾……今年不會有聖誕老人……」

　　些諾卻道：「我覺得會有的。而且他會送給妳最想要的書。」

　　突然，傳來一陣蹿蹿的腳步聲，大廳另一端的側門猛地掀開。一個金髮半禿的胖男人氣沖沖進門，我注意到他手裡握住的東西，應該就是汽車的鑰匙。儘管小妮妮和些諾顯得受驚，還是立刻向胖男人打招呼：「UNCLE SEAN！」

胖男人急得滿臉通紅，汗珠直往下掉，拉起兩姊弟的手，長話短說：「那些壞人已經來到了這個小鎮。我們要立刻離開！」

三人匆匆穿過了門框，這裡就變成了沒有演員的場景，隱約傳來了汽車引擎發動的聲音。

巴斯、妮妮和我就像三個幽靈，旁觀在數年前發生的往事。巴斯關切地問：「妮妮，那些壞人是甚麼人？」

「靈魂穿越者——」

妮妮咬了咬唇，才說出真相：

「爸媽離世之後，姨丈一家就來了照顧我和些諾。像我們這些靈魂穿越者的家族，各自有支持的勢力，各有各的圖謀。由於我的家族知道一些五環書的秘密，所以就受到其他穿越者的逼害⋯⋯這段日子真是很難過，姨丈都帶著我和弟弟避難。」

門框後面竟是漆黑一片，我好奇會通往甚麼地方，探頭進門看看，映入眼簾的是一片宏闊的藏書室。這樣的空間簡直不可思議，整整一面牆是樓高兩層的木書架，滿滿都是磚塊似的硬皮書，我看藏書至少有萬卷以上。

這間藏書室最特別的地方，就是室內有株穿透地板的巨樹，樹頂直達屋頂通透的天窗。

　　巴斯和妮妮一前一後進來，我看著門框，一下子就明白了——在夢境中出現的門，都是切換時空的任意門。

　　古老的深色木地板上，原來有兩套被鋪。

　　些諾和妮妮由綿被裡露出頭來，就寢前在枕邊聊天。

　　「姐，如果上帝創造的這個世界是完美的，為甚麼還會有戰爭？就連死後的地下世界，還是烽火連天，人與人互相殘殺……」

　　小妮妮深深歎了口氣，反問道：

　　「你最近在讀尼采的書嗎？」

　　些諾鍥而不捨地問：

　　「妳還沒回答我的問題。」

　　「因為人性就是不完美的。說真的，就算你去問死過一遍的哲學家，他們也不會知道答案。」

　　些諾突然語出驚人：

　　「如果可以，妳要幫爸媽報仇嗎？」

　　小妮妮瞪著天窗，想了一想，才對弟弟說教：

　　「以眼還眼，世界瞎蛋！這是印度甘地的名言。」

　　些諾微笑以對，沒再爭辯下去。

　　又過了一會，這對姊弟躺著說話：

　　「些諾……另一個世界見。」

「嗯。另一個世界見。」

隨著兩人熟睡，靜謐無聲，時光彷彿凝止了一樣。

巴斯繞著室內的大樹踱步，仰著臉問：「這株樹……難道是……」

妮妮回答：「是的，這就是世界樹。正確來說，這只是露出地面的部分，你在地球表面是看不見樹根的。」

世界樹？

哦！我想起來了！妮妮說過，這些散布在地表的巨大樹杈，其實是連接人世與靈界的通道。

這一刻我也想通了，原來所謂靈魂穿越者，就是具備靈魂出竅這項特異功能的人類。

剛剛我們進來的那個門口，忽然綻放異樣的紅光。除了進去，這裡並無其他出口。

「等等。我要調查一件事。」

妮妮叫住了我和巴斯。

巴斯展現紳士風度，哈著腰問：「有甚麼可以讓我效勞的嗎？」這番話柔聲細語，令我不禁打了個冷顫。

妮妮根本沒在看他，只是盯著頂天立地的書櫃，叮嚀道：「我要找一本書，那本書位於六號書架，由下數上去第六層，再由左至右數過去的第六本書……」

　　書架的標記都是羅馬數字，不到一分鐘的工夫，我率先找到了釘著「VI」銅牌的書架。貼牆剛好架著木梯，儘管那條木梯高得嚇人，妮妮毫不猶豫就爬了上去，定眼細看第六層那一排書。

　　妮妮低吟的聲音，傳進了我的耳裡：

　　「那本禁書⋯⋯真的不見了⋯⋯」

2

　　妮妮沿梯子回到地面，向我和巴斯解釋：

　　「靈魂穿越者可以帶著靈魂，往來地表世界和地下世界。書靈都是靈體，所以也可以逆向操作，將書靈帶到地表世界。帶上來的書靈，可以封印在木製的容器，變成木板書。」

　　巴斯搶先一步，提出我心中的疑問：

　　「妳剛剛找的是甚麼書？」

　　「那是我們家族負責保管的禁書。我媽媽說過，由於那本書的書靈太邪惡，所以要將它帶離地下世界。這件事，除了我，就只有些諾知道⋯⋯」

　　「為甚麼不直接毀了那本書？」

妮妮無可奈何地說：

「因為那是很偉大的傑作，沒人會忍心毀了它。」

在此之前，我對禁書的理解，都是那些兒童不宜的作品。原來禁書也可以很有文學性？我正想問那本書的書名，妮妮已逕自走進了門框，恐怕在夢境的時間有限，現在先做正事要緊。

門後，是另一個世界。

我們來到了異常寬敞的空間——

古典的柱廊像高塔般排開，鑲嵌著垂直的彩繪玻璃窗，上方是個圓拱頂，用色彩斑斕的石頭砌成。當我望向背後，入口是連著青銅柵欄的大門，牆身滿布基督教的雕塑。

這裡是某間大教堂吧？而且我知道現在身處地下世界，因為教堂裡有隻獅子——那是比較細小的亞斯蘭！

「我成功了！些諾，我成功召喚出亞斯蘭！」

我們循叫聲的方向前進，終於看見圓柱後面的小妮妮。就在不遠處，些諾連拍幾下手掌，笑瞇瞇瞧著姊姊，目光相當溫柔。

小妮妮蓋上書，亞斯蘭化為光點消失。

「些諾，我想要這本書的願望，只對媽咪說過。但你一早就知道這件事吧？為甚麼的？」

　　些諾亦好像料到有此一問，向小妮妮展示一本硬皮書。我一眼就認出來了，那本書正是《夢的解析》。

　　「姐，這本書是正本。」

　　小妮妮摸了摸書皮，驚奇地說：

　　「我現在⋯⋯感受到書靈的力量！就像有脈搏一樣。」

　　些諾點了點頭，繼續解釋：

　　「媽咪怕妳誤會，覺得她偏心，所以沒告訴妳這本書的事。她會在夢中訓練我，教我法語、德語和拉丁文。」

　　「別介意。我明白的。她不想我捲入任何戰爭之中。她只希望我當個普通的女生。對了⋯⋯媽咪臨終前，還有對你說了甚麼？」

　　些諾閉著眼不回答，當他睜開眼，我察覺到他的目光閃爍。他又猶豫了好幾秒，最後才泣聲道：「坦白說，媽咪消失得很突然。我在夢境不停找她，結果都找不到。原來在聖誕前夕，她已經遭遇不測⋯⋯」

　　看了些諾想哭的樣子，小妮妮忽然崩潰，小臉皺成一團，眼淚像斷線的珍珠一樣滴落。

　　「我懷疑⋯⋯是因為我的一句話，才會害爸媽去送死⋯⋯」

　　「妳說錯了甚麼話？」

小妮妮忽然泣不成聲，抖著肩膀的哭個不停。

些諾不再追問下去，只是抱緊了姊姊，低聲安慰：「別胡思亂想！」過一會，小妮妮哭夠了，揉了揉眼，用滿懷希望的語氣說：「明天一早，法蘭西共和國的騎兵就會到達，到時候我們就會安全的了。」

誰都看得出來，這對姊弟的處境十分淒涼，由上面的世界下來，一直東躲西藏，就是為了逃避仇家。我不禁冒出一大疑問：「那些人到底是甚麼人？要殺害妮妮全家，就連小孩子也不放過……」

外面傳來了悠揚的鐘聲，小妮妮剛剛消耗精力召喚書靈，一躺上禮拜堂裡的長木椅，蓋上毯子，很快就睡著了。

正常的小朋友會抱住毛娃娃睡覺。

但這對小姊弟……抱的是硬邦邦的書。

本來以為這一幕就此結束，沒想到些諾乘著姊姊熟睡，竟然悄悄起來下床。些諾拖著鬼鬼祟祟的腳步，由側門溜出外面。

妮妮急聲催促：

「我們跟他出去看看！」

我尾隨著巴斯，跟著妮妮跨過門檻，空間變異，一出去就踏進一片草原。四周是一望無際的曠野，半空星光熠

熠，猶如人跡罕至的秘境。當我回頭，背後的門已不見了，而些諾就在我的眼前經過。

滿天星斗之下，些諾走上寂靜的小山丘，那山丘上有一株獨立的大樹。

大樹的樹幹不算很大，一眼看得清楚樹下沒有人。在茂密得像涼亭一樣的枝葉之下，些諾站住身子，開始對著樹幹上的樹洞說話。

「害死爸媽的壞人叫科隆王！他是科隆地區的霸主！就是他劫持爸媽的馬車，抓了爸媽去拷問！這麼壞的傢伙，為甚麼還會得到書靈的庇佑？」

些諾一邊怒吼，一邊用力猛打樹幹。

「混蛋！混蛋！如果無法阻止他的陰謀，姨丈一家就有危險！媽咪死了，爹哋也死了，這麼大的仇恨，我怎可能饒恕！我恨死了！」

些諾聲嘶力竭，跪倒在地，就像一頭受傷的野獸。

「你的母親是自殺的。」

出乎我的意料，竟然有個小矮人摸著樹根爬出來。我偷瞄了妮妮的表情，看來她也感到驚愕不已。

小矮人身穿紫衣和靴子，戴著紫色的帽子，一臉猥瑣的怪相。

「科隆王和哈布斯家族的穿越者串謀，要綁架你和你的親姊，來要脅你的母親就範。你的母親尋死，就是為了保護你倆，結果證明是徒勞無功，她低估了人心的險惡。」

些諾似乎認識這個小矮人，立刻就問：

「我的爸爸呢？他是怎麼死的？」

「噢……很抱歉要告訴你，他是被酷刑弄死的。」

些諾呆住了一會，才吐出一句話：

「小矮人先生，真感謝你……我拜託你調查的真相，想不到你真的辦到了。」

小矮人指著自己的耳朵，得意地說：

「偷聽是我的專長。」

些諾向對方傾訴心聲：

「爹吔沒有召喚書靈的天分，他一定要陪媽咪，才進來這個世界。結果他和媽咪一同遭殃。那些人──根本是惡魔！小矮人先生，我都看見了，我爸媽在死前很痛苦，飽受慘無人道的折磨。這些事我都不忍心告訴我姐。」

「你都看見了？」

「我有一本書叫《夢的解析》，可以進入媽咪的夢境。那些壞人不停嚴刑逼供，媽咪常常痛得昏迷過去，所以我進入的都是噩夢。那些壞人想知道的秘密，就是五環書的秘

密……我在媽咪的記憶裡，無意中偷聽到了。」

「噢。難怪那些壞傢伙要來抓你。」

些諾露出不像他這年紀會有的苦笑。

「可惜我太弱小了，就算給我五環書，我也用不了。」

小矮人揉著手，哈著腰說：

「或者我可以幫你……我答應過，只要你說得出我的名字，我可以實現你的一切願望。」

些諾瞪住他抱怨：「這太難猜了！世上的名字這麼多，我怎麼猜得出來！」

小矮人半瞇著眼，又說：

「那麼，目前這一刻，你有甚麼願望？」

「我想見媽咪。」

不知由何時開始，小山丘周圍開始結霧。

霧裡，夜鶯在樹影上啼唱，朦朧的月光照出清晰的人影，一個女人如幻似真而來。風起時，她笑了，微醺醉人的容顏，令人難忘一輩子。

那女人有著跟妮妮一樣的淺藍髮色。

站在我身旁的妮妮驚叫出來：

「媽咪！難怪……些諾會上當！」

3

眼前的一切就像幻象。

霧散了，些諾、小矮人和女人都不見了。

眼前的樹幹中間出現了一道木門。

巴斯沉默已久，這時瞧著妮妮難過的樣子，忍不住出聲慰問：「妮妮，我感到很遺憾，原來妳有這樣的經歷。最遺憾是我當時未認識妳……科隆王這個人，我也略有所聞，但不是很清楚，也不知道他對妳做出那麼無恥的事。」

妮妮笑了，在我看來是強顏歡笑。

「都過去了。當時——就是六年前——『黑‧五環書』重現世上，書主想把這本書燒掉，但最後還是獻給了教皇。當年，我的媽媽收到教皇的密令，負責接管和密送。中途經過『德國』的時候，車隊受到科隆王的埋伏……抱歉，我說錯了，在六年前，地下世界還沒有『德國』這個國家。」

我感到難以置信，不禁衝口而出：

「真的假的？自古以來不是就有德國人嗎？」

妮妮難得沒有翻白眼，還不厭其煩解釋：「真的沒騙你，即使在上面的世界，德國也是直到1871年才誕生。日耳曼人佔領這片土地之後，組成了數以百計的小國，共通點

只是使用德語。由於都是小國，所以常常受到大國的欺凌，人民憧憬會有俾斯麥這樣的偉人出現，實現德意志的統一，偏偏俾斯麥沒有進來這個世界……於是，這片土地一直處於軍閥割據的局面。」

時間有限，這背後的故事，妮妮只能長話短說：

「雖然說愈古老的書，擁有愈強大的力量。但大部分古書在歷史的洪流之中，早就損毀和消失了。科隆王擁有一本十二世紀的《帝王紀》，已經可以讓他稱霸了。單是成為一方之霸，並不足以滿足科隆王的野心，他的目標是成為地下世界的俾斯麥。」

我自作聰明地說：

「科隆王打劫了車隊，就這樣奪得了五環書？」

妮妮背對我和巴斯的視線。

「出發之前，教皇以防萬一，派人仿造了數千本一模一樣的書，混入『黑‧五環書』一同押送。要藏一棵樹，就要藏在森林裡。不幸中的大幸，五環書是無字天書，科隆王當然找不出來，甚至懷疑是騙局。他一氣之下，便發洩在我家族的頭上……爸媽受到的苦，我也是剛剛才知情。」

悲傷的眼波流轉，妮妮不想再說下去了，便獨個兒上前，握住樹幹上的門把，推門進去下一幕的場景。

我和巴斯互望一眼，隨即跟著進去。

馬車。旅人。深夜的森林。

營火在中間，周圍有八個營帳。

我們繞來繞去，在最小的營帳裡面，終於找到了小妮妮和些諾。

這兩個孩子真可憐，竟然淪落到露宿野外的地步，各自蓋一張薄毯子，互相依偎取暖。

在油燈搖曳的光芒之中，我看清楚了小妮妮和些諾的臉，原來兩人都哭腫了眼，淚痕深深如馬車的壓印。

到底怎麼了？我冒出不好的念頭。

從兩個小孩如泣如訴的對話，我得知科隆王的盟軍重重包圍，封鎖了所有直通法國巴黎的要道。迫不得已之下，救援的騎兵隊唯有沿原路折返，藏身在森林裡紮營，處境岌岌可危。

小妮妮和些諾哭得那麼慘，就是因為收到姨丈全家慘死的噩耗。

全家死了？

這不就是滅門嗎？我暗自心驚。

漸漸兩個小孩睡著了，油燈很快熄滅了。

突然，些諾在黑暗中張開了眼睛。

他掀開自己的毯子，幫小妮妮多蓋一層。接著，他輕輕提起油燈，踮著腳尖走路，悄悄揭起了門幕。

臨走前，些諾回頭看著小妮妮的睡相，凝眸看了好一會，才面帶微笑離開營帳。

我們追著他，看見他騎上了白馬，擅自離開了營地。

「那一晚……這一晚是我最後一次看見些諾。」

妮妮不由自主發出了歎息。

4

彗星劃破了蒼茫的夜空，些諾騎著白馬趕路。

時光快轉，物換星移，我們像飄靈一樣跟著些諾，眨眼間飛到了一個中世紀風情的小鎮。

經過路牌的時候，妮妮唸出小鎮的名字：「施陶芬。」

些諾下馬之後，走進一座四四方方的地堡，再進入神秘的地下室。

地下室裡有不少房間，其中一間有個櫥櫃，櫃後竟有暗門，通往地下更深處的秘密空間。

最後，我們尾隨些諾，抵達了通道盡頭的秘室。

對著門的一面牆是開放式大書櫃，右側的石牆滿布暴

長的樹根，一團纏繞的樹根裡面竟垂掛著一個男童！

他的臉，竟然是些諾的臉！

不過，有別於正在秘室裡踱步的些諾，樹根裡的些諾動也不動，就像遺體一樣緊閉眼睛。

妮妮向我和巴斯解釋：「那是象徵些諾在地表世界的肉身，只要二合為一，他的靈魂就可以回去上面的世界……為甚麼他的肉身會在這個小鎮？等等……那東西出來了！」

我們將目光聚焦在大書櫃那邊。

名字不詳的小矮人又再現身。

「我等你很久了。命運真奇妙，將你引導來這小鎮。」

些諾不以為然地說：

「小矮人先生，這位置有世界樹的樹根，這件事不是你告訴我的嗎？」

小矮人只是吃吃一笑。

「我已實現了你的第二個願望，幫你送出了求救信，保住了你姊姊在原來世界的性命。全靠法國貴族在政府的人脈，才偽造了你姊姊妮可蕾・尼莎白的死亡證，其實死的是你的表妹。」

小矮人咳了一咳，又說：

「可是，始終來不及拯救你的姨丈一家，這件事真的

十分遺憾。可惜我的能力未恢復，太難的願望，我都是無能
為力。」

些諾恨得咬牙切齒。

「爸爸的魂體。媽媽的魂體。姨丈一家四口的遺體。
這筆血債總共是六條人命。」

這段對話解開了我心中某個謎團，當初我就是讀了
「**電鋸狂人，六個人頭**」的新聞，才前往法國尋找妮妮⋯⋯
原來背後有如此驚心動魄的故事。

就像旁白一樣，耳邊傳來妮妮的自言自語：「原來些諾
趁著我睡覺的時候，早就重返了地面，再由別的通道下來。
兩個世界樹的出入口很近，所以他有可能在一夜之間來回，
瞞過了我⋯⋯都怪我，把禁書的事告訴了他⋯⋯」

些諾繼續與小矮人對話，男孩的聲音在地下室迴盪：

「哈布斯家族是幕後主謀。科隆王是他們扶植的君
主。一切都是他們在搞鬼。」

「事實正是如此。」

「寬恕只是一廂情願的自我安慰。對壞人來說，他們
根本不在乎。只有將他們一一打進地獄，才會令他們後悔和
求饒。」

「沒錯。嘿，你不再是小朋友，你長大了。」

些諾目光如炬，直勾勾的瞧著小矮人。

「小矮人先生，我還可以再許一個願望嗎？」

「看你這麼可憐，我會盡力幫你最後一次。」

「我要結束一切戰爭。永遠永遠。」

「不可能啦！這樣的願望太難了！」

些諾垂了垂頭，又抬頭注視著小矮人。

「如果我說得出你的名字，你是不是就會恢復全部能
力？」

小矮人目光大亮，暗示「你不妨說說看」的意思。

「你是洩漏出來的書靈力量，來自我祖屋第六號書架
第六層的禁書。你的能力會令召喚師陷入昏迷，來換取乘以
十倍的精神力。」

小矮人興奮得單腳起跳。

「快說！我叫甚麼名字？」

我發現些諾背後的地板上面，有一本書攤開了。

「你的名字是——*FAUST*！」

唸出書名，就是召喚的咒語。

些諾受騙了！我瞧見這一幕，不禁冒出這個想法。

如果我的直覺沒錯，「*FAUST*」就是「浮士德」的德語
唸法，即是那本禁書的書名。

小矮人揚起嘴角,露出詭異的微笑。

「果然沒令我失望。你終於唸出了這個名字——」

由一開始,小矮人所做的一切,都是為了得到些諾的靈體。

地下室冒起一陣狂風,強得掀翻書櫃,捲起大大小小的書。

小矮人暴跳了一下,滯空之際,竟徒手將自己撕成了兩半。分開的軀體就像金屬般熔化,紫色衣服就像電鍍一樣黏附,最後化為了一頂鑲著黑石的紫色箍圈。

箍圈緊緊套住些諾的額頭,如同為他加冕的皇冠。

些諾的髮色和瞳孔變成了深黑色。

他用自己的靈魂,換取了乘以十倍的精神力量。

從此——

黑帝降臨!

5

原來由那一刻開始,些諾就變成了浮士德。

記得妮妮說過:「除了成書的年分,召喚者的精神力也是重要因素,可以令書靈發揮出突破極限的力量。」

我又想起小仲馬——當召喚者陷入昏迷狀態，其精神力亦會暴升，趨向無限的境界。

地下室的強風大得將我們吹出了門口。

門外的世界依然是夜晚，門口竟然開在半空，我揮舞手腳從高處墜落，頭朝下摔到了地面……幸好只是一場夢。

天呀！這是甚麼地方？

我自轉一圈，驚覺雙腳被書淹沒，周圍大約半個足球場的範圍，成千上萬的書鋪滿了深谷。

絕壁上有條環山的山路。

妮妮仰首道：「上方是科隆王伏擊馬車隊的地點！車隊遇襲的時候，直接將所有貨車推下深谷，所有書就這樣混成一堆。」

這裡像舊書堆填區一樣，真是名副其實的書海，壯觀得令我打冷顫。依我所見，每本書的封面都是毫無差別，要在這裡找一本書，難度真的好比大海撈針一樣。

巴斯一直呆站一旁，仍是驚魂未定的樣子。終於，他盯住妮妮，結結巴巴地問：「浮士德？他就是浮士德？浮士德……是妳的弟弟？」

對了！我差點忘了，他是第一次知道這個秘密。

「等醒來之後，我再慢慢向你解釋。」

妮妮最會糊弄過去。

這山谷是有入口的，一前一後有兩名衛兵。

戴著紫冠的些諾慢慢走來，飄逸的黑斗篷就像死神的隱身衣。但衛兵沒有疏忽職守，一察覺些諾闖入，便立即上前攔截。

些諾打開藏在斗篷裡的書，半空首先出現一排銀針，然後增幅變成一方陣的銀針，全數射向了守衛。全身密密麻麻扎滿了針，那守衛倒在地上掙扎，隨即化為一團星塵。

我愕然地問：「那是甚麼書？」

妮妮皺著眉說：「那是弱得連我也說不出書名的書，能力應該是射出飛針。一根針不痛不癢，但一千根針就可以刺死人。」不知妮妮在想甚麼，她一轉臉就嘀咕道：「書靈有高低層次之分，單憑這樣的雕蟲小技，絕對傷不了科隆王的書靈……」

千針殺。

些諾又幹掉了另一名守衛。

我仰望夜空，黯淡無光，月亮躲起來了。

山谷響起了號角的警號，地面的震盪引發落石，我到處張望，發現震源來自巨大的身影——那是頭有六角的巨兵，全身覆蓋著紅黑色的鎧甲，由肩胛到腳尖滿是凸出的利刃。

我心生懼意，追著妮妮問：

「那是甚麼怪物？」

「刃甲魔神。《帝王紀》的書靈。看來科隆王料到些諾會過來撿書，所以故意放他進來，再親自出征生擒他。」

科隆王的大軍四方八面掩至，迅速包圍整片山谷，除了凜凜嚇人的巨大魔神，還有狂狼戰士和骷髏騎兵等書靈上陣，連天空也有持著長矛的鳥人盤旋。

黑髮的些諾毫不理會眼前的危機，只是悄悄走進書海之中。他一步步踩著書堆前進，突然蹲了下來，撿起一本硬皮的書。

那本書平平無奇，就和書海裡的其他書一模一樣，只看封面根本看不出任何差別。

但那本書到了些諾的手上，竟閃出鑽石般的耀眼光芒。

些諾舉起書，黑色的封面張開，恰好遮住了嘴巴。

我看得呆住了。妮妮最先回過神來，大聲提醒：「快過去！去看看那本書的內容！」

這時我和巴斯才想起此行的目的，立刻奔向些諾立足的地點。

「──！」

瞬息萬變之間，些諾已完成了召喚。

天地間爆轟天崩地裂的巨響，曠野四周閃電交加，半空中出現一個黑色的魔法陣，隨即強烈旋轉，化為驚天動地的空氣柱。上接烏雲，下掩地面，吸起塵土、書骸和碎片，形成吞噬一切的恐怖龍捲風！

「五環書的傳説是真的！」

這句話似乎會成為科隆王的遺言。

火山爆發般的熱力席捲全場，在場的書靈化為灰燼，刹那間灰飛煙滅。黑色的陰影覆蓋了頭上腳下，我們彷彿墜進了黑洞裡的空間。

全滅。

一切都毀滅了。

無盡的黑暗之中，只剩下妮妮、巴斯和我發光的身體。

「好誇張的力量……剛剛的情景，就像龐貝古城湮滅一樣。」

巴斯的聲音是顫抖的。

我仍然驚魂未定，用現代的軍事武器來比喻的話，我會説那是等同核子彈的破壞力。

那就是「黑‧五環書」，至尊無敵的最強之書。

「你們有沒有瞧見五環書上的書名，又或者聽見他唸的咒語？」

妮妮這麼問的時候，我和巴斯都搖了搖頭。這一趟夢境之旅功虧一簣，妮妮不忿地說：「真可惡！」

我接著說：「還好吧？明晚睡覺，還可以再來一次。」

妮妮無奈地說：「不行的。當我使用第二次《夢的解析》，夢境也會出現我的記憶……這樣就有可能洩露我方的軍情。」

竟有這樣的事？即是說，我們錯過了唯一的機會。

漆黑中傳來詭異的怪聲──

「不愧是尼莎白家族的大小姐，熟知天下大多數書靈的能力。幸會啊！雖然是初次見面，對我來說妳是認識已久的熟人。」

整片空間漸亮，驀然出現戴著紫色頭冠的小男子，童顏黑髮，雙瞳時而透綠，時而又變黑。他亦身穿黑色的長衣，披著黑色的大披肩，胸前的大項鍊也是黑色的金屬。

浮士德！

這個男童，就是終極的頭目，世人眼中的軍事天才和最強召喚師。

浮士德笑容可掬，徑直來到妮妮的面前。

「相信妳也看到了，妳弟弟的心願，還有我的心願，乃是要建立和平的烏托邦。」

「烏托邦？你在用嘴巴放屁嗎？」

「當這世界只剩一個國家，世間就不再有戰爭。六年前，當我在戰場上展現壓倒一切的力量，德意志的諸國投降的投降，臣服的臣服。因為我，才有了地下的德國，而這六年統一之後的安定繁榮，都是我的功績。」

妮妮嗤之以鼻，譏諷道：

「有個人也說過差不多的話。這個人叫希特拉。」

浮士德咄咄逼人地說：

「戰爭的意義是甚麼？就是犧牲少數人的性命，來換取大多數人的和平。妳所捍衛的自由民主，豈不是一樣的原理嗎？對我而言，民主就是犧牲少數人，來成全大多數人的利益！」

雖然是敵人說的話，但我竟然覺得很有說服力。

妮妮流露出悲傷的眼神，直斥其非：

「你錯了。大錯特錯。民主不會殺人，不會殺害反對者。」

浮士德只是冷笑一聲。

經歷了這場夢，我恍然大悟——原來妮妮豁了命對抗浮士德，也是出於救贖弟弟的私心。

整片空間愈來愈亮，如同黎明的前夕。

妮妮出其不意地問:

「現在,輪到我來問你——五環書是些諾小時候讀過的書,我說的對不對?」

浮士德不置可否,回應只是曖昧的微笑。

「到我甦醒的時候——我會用絕對的力量來令妳屈服——」

強烈的光照遍四周。

當我睜開眼,映入眼簾的是船艙。

夢境結束了,卻好像在我的心裡留下淚痕,痛心的感覺揮之不去。

Chapter 3

陰謀與愛情

Kabale und Liebe

第三章

陰謀與愛情
Kabale und Liebe

1

在晨光充沛的早上，在甲板上可見荷蘭北部的島嶼。

來了地下世界這麼久，我也對這世界的地理漸漸有了認識。

地下世界是平的，歐洲大陸位於西方，超過大西洋就是世界的盡頭⋯⋯是的，以前的歐洲人普遍都這樣想，結果就變成了現實。因此，美國位於世界的另一側，與歐洲遙遙隔著太平洋與亞洲。

而這個世界的中心就是中國，一個蘊藏最多古書的文明古國。

地下世界比原來的世界細小，土地仍然是有限的資源。我的數學成績還不錯，還記得計算的公式──球體的表面面積是 $4\pi r^2$，圓形平面的面積是 πr^2。由此可以推斷，地

下世界至少比地表世界細小四倍。

我曾經問過妮妮：

「這裡的人不吃飯不會餓死，為甚麼還要賺錢？」

「因為土地。土地是有限的資源，亦因為土地，人民才需要國家的保護。這世界的人民積聚財富，買地蓋大屋，就是為了迎接上面的親人。雖然希望不一定成真，但還是要做好準備。」

親人……這個詞語觸動了我的心弦。

──我會在這個世界，見到我的媽媽嗎？

偶然我會冒出這樣的念頭，懷著重遇媽媽的心願，的確就是我捨不得離開這世界的理由。

只有我們的巡洋艦駛近港口。

搜救小隊共有八名成員，再加上巴斯這個隱藏隊員，正在脫離史蒂文森上校主航的艦隊，秘密在登海爾德這個軍港登陸。

按照計畫，我們將會徒步穿過森林和丘陵，預料在一天之內抵達阿姆斯特丹。然後我們會偽裝成旅客，轉乘渡海輪船潛入德國。

妮妮對其他人很有禮貌，唯獨對我呼呼喝喝：

「嗳！這個背包交給你保管。如果你弄丟了，我保證

你會死得很慘。」

出乎我的意料，背包裡竟然有「黃・五環書」。原來是妮妮想出來的奇計，無論在自己人和敵人的眼中，我只是不起眼的角色。任何人都無法想像，這麼重要的書居然會由我負責攜帶，因此真的可以掩人耳目。

「因為施加了『封書鎖』的能力，不會有人知道這是『黃・五環書』。至於解鎖的口令，世上就只有我、首相和史蒂文森上校知道。」

妮妮這樣做的另一個意義，也是提防敵方有方法探知她的位置。

距離浮士德甦醒，大約只剩三個月的時間。我們要盡快找到海明威，借他的《時間機器》一用，來解開「黃・五環書」的作者之謎。這本書就像終極秘笈一樣，明明帶著這麼強大的書靈，我們卻無法使用，這樣的事真是令人沮喪。

到底救國王是這次任務的重點，還是國王的命其實無關痛癢⋯⋯這樣的問題我實在不敢過問。

與上校分頭行動，除了是聲東擊西的手段，也是為了方便他指揮艦隊，日後接應我們這小隊撤出德國。

好！揹起大背包出發！

除了五環書，背包裡還有《孤星淚》、《懺悔錄》和《羊

脂球》……噫，怎麼都是毫無戰鬥力的書？至少也該給我

《納尼亞傳奇》吧？

　　隊伍中有位大哥牽住狗繩，我發現那是昨晚妮妮帶上

船的大狗，品種好像叫甚麼邊境牧羊犬來著。這隻黑白毛色

的牧羊犬纏著巴斯，又撲又舔，巴斯有點受不了，疾呼一

聲：「史蒂文森！坐下！」

　　史蒂文森？這是狗狗的名字？

　　我頓時靈機一動，向巴斯問個明白：

　　「玻璃瓶的求救信……國王身處在不可告人的地點，

只有『史蒂文森上校』可以找到他。原來所指的不是真的上

校，而是國王養的狗？」

　　巴斯坦言道：

　　「現在讓你知道也無妨。父王是個注重公文規範的

人，尤其重視禮節。他在求救信對上校的尊稱，卻用了

『Col. Stevenson』這個縮寫。我們一看，就知道『Col.』不

是『Colonel（上校）』的縮寫，而是『COLLIE』的縮寫……

這是邊境牧羊犬的英文。」

　　原來如此，這法子真是高明！

　　只有英國王室的人讀信，才會明白當中的暗示。就算

求救信落入敵軍的手中，國王亦不會因此暴露行蹤。

十一月金秋，林間換上了紅的、黃的、橘色的秋裝。在前往阿姆斯特丹的山路上，秋景如詩如畫，我們一步步踏著落葉前進。

火狐可以跟書主共享視野，只要升上高空，就可以俯視四周的情況。

這一路走來，妮妮不時派出火狐巡邏和偵察。

中途休息的時候，妮妮一邊閉著眼，一邊通報：

「有個戴紅帽的人一直跟著我們。這個人穿著長裙，但不知是否偽裝的女人。」

戴著紅帽的人？小紅帽嗎？

為了確認對方的意圖，我們的隊伍偏離原來的直路，故意繞了一小段路。結果妮妮發現對方始終窮追不捨，沿著我們走過的軌跡跟上來。

這麼快就惹上敵人？我們這邊有四本莎士比亞的書，沒理由會打不過單身上陣的敵人吧？

妮妮不想打草驚蛇，向眾員說：

「前方有個羅馬浴場。我想到一個主意——」

當她的目光落在我的身上，我頓時冒出了寒意，大喊道：「我知道一定不是好主意！」

妮妮瞪著我不放，說出她的計畫：「書最忌碰水，沒有

人會帶書進去洗澡。假如後方的那傢伙是敵人的話，一定會看準這個機會偷襲。」

我想了一想，便問：「如果我的理解沒錯⋯⋯妳是要我去當誘餌的意思嗎？」

妮妮毫不猶豫點了點頭。

「為甚麼是我!?」

「因為你是最弱的。你放心好了，我們都會在旁戒備，好好保護你的。」

「哼！」

「你不服氣的話，我們現在可以打一架，來分個高低強弱。」

隊伍中的大哥都沒有幫我，他們都服從妮妮的命令。就這樣，我們走進了小鎮裡的羅馬浴場，實戰經驗豐富的隊員留在外面，而巴斯和妮妮分別藏身在石牆的後面。

我忽然想起重要的事，便向妮妮發出警告：

「不准用火狐偷看我裸體！」

「白痴啊⋯⋯你是不是找死？」

我始終不相信妮妮，所以還是穿著內褲沐浴。

穿過兩根雕刻成裸男像的立柱，我拿著毛巾，開始在露天浴場擦身子。這時候全員戒備，準備隨時包圍敵人，妮

妮亦已召喚出火狐候命。

如無意外的話，我應該不會有任何危險。

應該吧……

不知是因為時間尚早，還是這個浴場的生意太差，整個露天浴場居然只有我一個客人。

我背對著入口，盯著經過火爐流出來的熱水，真的演戲演到底，掬水撥向自己赤裸的上半身。

蹬、蹬、蹬！比我預想的來得快，背後傳來了疾速的腳步聲，頭狀奇怪的影子映在大理石上。

來者果然是敵人。

我的心跳開始加速……

妮妮還在等甚麼？怎麼還不出招？

不行了！

我忍不住回頭了。

突如其來的人影撲向我。

半空中的連身裙輕舞飛揚，襲擊我的人竟是個面色雪白的少女，戴著奇形怪狀的紅帽。她撲倒我之後，直接坐在我的身上，親吻我的額頭。

「太幸運了！氣味果然一樣……我終於找到你了！」

2

我躺著仰視那個少女。

她戴著雞冠形的紅帽，有點像繡花的頭飾。寬袖的連衣裙，白色長袖，紅色裙襬，既有絲帶又有繡花。這身打扮應該是民族服飾，而她沒穿鞋子，赤足進來這個浴場。

我呆呆看著對方，尖聲大喊：

「妳是誰？妳是不是認錯人？」

少女展露可愛的笑靨，朗聲回答：

「我叫沃琅，我一路上追著你的氣味，肯定自己不會找錯人。」

氣味？就在我摸不著頭腦之際，沃琅竟然向著我的裸胸垂頭，用鼻子嗅一嗅，又説：「是你！你跟你媽媽有非常相似的氣息。」

這時候，妮妮和巴斯相繼現身，火狐就在沃琅的頭頂上盤旋。妮妮盯著沃琅，第一句就問：「妳這身打扮……薩拉風？妳是俄羅斯人？」

「我是在俄羅斯出生。但我不知道自己算不算人。」

「妳不是人？那妳是甚麼？」

「我是狼女。」

沃琅的回答令人耐人尋味。

現在這情況太尷尬了！在妮妮要追問之前，我急吼吼大叫，大家才扶我起來。我立刻抱怨剛剛怎麼沒人救我，妮妮就說這少女一臉天真無邪，手上既沒武器也沒書，所以便靜觀其變，而結果我也毫髮無損。

趁著我穿衣的時候，妮妮向沃琅問長問短，繼續剛剛的話題。

「在上面的世界，我本來是狼兒身。收養我的爺爺說俄語，我雖然不會說話，但忽然有一天就聽懂了。爺爺是村子裡的故事先生，他很愛讀書，當他朗讀故事的時候，我最愛趴在搖椅邊傾聽。我很喜歡聽人類的故事！當我死了，來到這個世界，不知為甚麼，我就有了人的身體。」

當沃琅述說這段奇幻的身世，我只聽得一愣一愣的。

妮妮與巴斯面面相覷，接著驚奇道：「噢！有靈性的動物成精，來到這世界化身為人，雖然我聽過這樣的奇聞，但今天可是第一次碰見……」

我心急打探媽媽的事，這時候憋不住了，搶先向沃琅發問：「妳是不是認識我媽媽？妳在哪裡見過她？」

「就在聖彼得堡。我叫她蜜雪兒姐姐。她看見我無家可歸，便讓我與她同住。我們同住了一年，姐姐就要出門遠

行——她是個超級善良的好人！」

蜜雪兒（Michelle）確實是我媽媽的英文名，證明沃琅說的都是真的。

「小勇。」

沃琅突然喊出我的小名，嚇了我一跳。

「我由蜜雪兒姐姐的口中，聽到很多關於你的事情。」

是真的。媽媽的確是這樣叫我的。

正當我思緒混亂，妮妮突然指著沃琅的斜掛包，笑咪咪地問：「這個包包很可愛唷！可以打開讓我看看嗎？」

我很快會意過來，妮妮小心眼兒，這樣做根本是借故搜身。沃琅也真的乖乖聽話，打開了布袋似的掛包。妮妮以迅雷不及掩耳的手法，扒出了一本刺繡布封面的書。

「《飄》？而且是……正本！」

「這是小勇媽媽的書。聽她說，這是摯友的遺物。」

妮妮突然嚴肅起來，審問一般的語氣：

「這本書的原文是英語。所以妳看得懂英文喔？」

沃琅搖頭，磊磊落落的樣子。

「我不太會英語。我只是用聽的，聽完這一本書。就是小勇的媽媽唸給我聽的，她一句一句唸。我真的好喜歡這個故事，可是我有讀寫障礙，學了十幾年，才會認字識字。

全靠小勇的媽媽幫我，我才由頭到尾聽完這本書。」

妮妮尋根究底地問：

「這花了多久時間？」

「大約是一年左右吧！」

「大約」和「左右」是一樣的意思，沃琅這句話有語病。畢竟對一個本來是狼的靈魂來説，她學會説話已經很厲害了。

「蜜雪兒姐姐説這本書的書靈很喜歡我，就要送書給我。這東西太貴重了！我拒絕了好幾次，可是就在告別之後，我才發現她偷偷放在我枕頭下面。我要將書還給她，就一直跟著她的氣味，由聖彼得堡走到來這裡……」

後來的事就是她迷路了，糊裡糊塗又走到了附近，遠遠聞到我的氣味，憑著直覺就追上來了。

確認了沃琅並非敵人之後，妮妮吩咐搜救小隊起行。我還有很多話要問沃琅，在我央求之下，妮妮勉為其難答應讓她同行。

不過，為免引人注目，妮妮勸沃琅脱下了頭飾。

原來沃琅的頭髮很特別，前額的孖辮是灰色的，後面的頭髮是白色的，即是説有兩截顏色。

異鄉的路上，我有了伴兒，和沃琅出奇的聊得來。

　　沃琅偷瞄隊伍前方的妮妮，忽然問起：

　　「那個女生好兇。她跟你是甚麼關係？」

　　我掩著嘴巴，低聲向沃琅嘟噥：

　　「她是我們這個旅行團的導遊。因為我救過她好幾次，所以她應該把我視為救命恩人。」

　　沃琅真心露出崇拜的眼神。

　　「你救了她？原來你這麼厲害！」

　　「真的要講我的英雄事蹟的話，三天三夜也講不完……」

　　於是我化身為妙語說書人，向沃琅講述我那些威風的英雄事蹟，由初到法國反殺法布爾，再說到用奇招打敗大仲馬，還有絕地反擊的王城保衛戰……要不是我挺身而出，英國早就滅亡了，所以邱吉爾也要向我敬茶。

　　沃琅聚精會神傾聽，不時發出讚歎：「你太厲害了！」、「炒雞炒雞精彩！〔她是想說『超級』吧〕」、「像我這麼笨的人，很佩服你有機智的頭腦。」

　　每一句讚美都說到我的心坎裡去，令我走路輕飄飄的，享受沾沾自喜的滋味。從沃琅的身上，我感受到久違了的尊重。

　　日落之時，太陽躡足峰頂，搜救小隊結束行程，便在林間紮營。

本來是兩個女生一個營帳，但我餘興未盡，坐在裡面賴著不走，纏著沃琅打探我媽媽的事。

「一個有閱讀障礙，一個對閱讀恐懼，你們兩個真是絕配。」

聽到妮妮這麼說，我故意瞪大眼，裝出吃驚的樣子。

「妳會說這種話……難道說……妳在吃醋嗎？女人的嫉妒心真……」

我還沒說完「真重」兩個字，已經被她揍飛了出去，穿越營帳的開口，背脊撞上了大樹。

暴力狂！

有種人缺乏幽默感，跟她開玩笑，只會受到暴力對待。

只有沃琅出來關心我的傷勢，小聲說話：「好可怕喲……你不是說你是她的救命恩人嗎？」

「有種壞女人就是恩將仇報。」

我不想自己的英雄形象受損，隨即改變了話題：

「今晚的月色很漂亮啊！有妳這麼溫柔的女生安慰我，我實在很感動。圓月之夜，妳會變成人狼嗎？」

沃浪害羞地搖了搖頭，接著低聲道：

「你媽媽也很溫柔。」

「哈，她以前常常罵我不愛讀書。她一定萬萬想不

到，我竟然會在這世界出現吧？」

「不。你媽媽相信你會進來這世界，只是沒想到會這麼早。」

我沉默了半晌，才向沃浪再問：

「她還有說甚麼嗎？我意思是關於我的事情。」

「抱歉……我的記性很糟糕，硬要想的話，就會想不起來……對了，你是不是送過她一條灰色的圍巾？」

我怔了一怔，喚醒了久遠的回憶，眼窩湧出一股熱流。

──入殮時的隨身物品會帶來地下世界。

想到這件事，我揉了揉眼，語無倫次地說：

「那一晚……媽媽心跳停頓的晚上，我怕她會冷，所以用圍巾包住她的頸……之後我把圍巾交給了殯儀館，拜託他們替媽媽戴上。那只是便宜貨，雖然也花光了我存下來的錢，我記得是母親節的禮物。在醫院的冬天，她都跟我戴同一條圍巾……」

說到這裡我就說不下去。這番往事我一直深藏心底，今晚終於有了傾訴的對象，鼻頭一酸，很不爭氣的哭了出來。沃琅竟然湊過來，嗦走了我臉頰上的淚水──她是狼女，這應該就是狼的習性。

「難怪她這麼珍惜。」

　　沃琅投來溫暖的目光，微笑道：「她一直戴著，現在還戴著，所以我才知道你的氣味。」

　　「怎麼可能？經過這麼多年，圍巾上還有我的氣味？這根本違反了常理。」

　　「這是思念的力量。她認為圍巾上有你的氣味，圍巾就一直有你的氣味。因為她很想念你，無時無刻都在想念你啊！」

　　當初是因為不幸的事故，我才進來了這個奇怪的世界。這世界帶給我很多意料之外的驚喜，就像打開了一本不想讀的書，偶然瞥見觸動心弦的句子，結果令我的靈魂獲得了救贖。

　　可以和沃琅相遇，實在是太幸運了，讓我知道了媽媽的心聲。

　　親人的羈絆不會因為死亡而消失。

　　我仰望著月亮，讓眼淚在眼窩裡打轉。

　　今晚是圓月。

　　我暗暗發誓，等我脫離了妮妮的魔掌之後，就要踏上尋找媽媽之旅。

3

大白天，走路不到兩個小時，我們就到達了阿姆斯特丹的港口。

還有一個小時就要登船。

離別在即，我和沃琅坐在碼頭聊天。

由碼頭這邊，可見對岸古老的建築群，梧桐掩蔽了河面的倒影，金色的葉子覆蓋了水邊的長街。回看這邊，這是個繁忙的碼頭，停泊了大大小小的船隻。蒸汽船的汽笛響起，悠長而刺耳，一艘又一艘開走。

風沒有打擾，只是輕輕的吹，我倆有的沒的閒聊。

淡淡的陽光，翩翩的雲彩，我愛說笑她愛笑。

難得交到可愛的朋友，相聚卻只有一刻，我難免感到依依不捨。

剛剛經過花店的時候，我該買一枝花，可是我的口袋根本沒有荷蘭的貨幣。我最想買的是鞋子，雖然沃琅說習慣了，但我還是在意她光著腳走路的事。

我看著沃琅，漫不經心地問：

「妳由俄羅斯走來這裡……是不是走了很遠的路？」

「嗯。距離我不是很清楚，但我走了九個月。」

沃琅頓了一頓，又説：

「蜜雪兒姐姐應該上了船，就跟你現在一樣。雖然白忙一場，找不到她，可是可以遇見小勇你，我覺得這趟旅程很有意義！一切都非常值得。」

「妳由這裡走回俄羅斯，又得花九個月……」

説到這裡，我心念一動，拿出了紙筆，寫下了唐寧街十號的地址。

「如果妳找到我媽媽，又或者想跟我當筆友……妳可以寄信到這個地址。」

沃琅由喉頭深處發出「嗯」的一聲。

「我一定會寫信給你的。你千萬別笑我的字……對我來説，寫字真的是很難的事。你也要體諒我，我的母語是俄語，寫英文的話，我要查字典……再困難也好，我一定會寫信給你。」

地下世界的科技落後，別説是電腦和互聯網，就連流動電話亦未有人發明出來。難得相遇，一別之後，真是不知何年何月才能再會。

嗚——

汽笛響起，告別的時刻到了。

妮妮在遠處催促：「快上船！」

　　小隊全員都已登船，我也不得不走了。在我揹起背包的時候，心中湧起一股衝動，便卸下背包搜了搜，取出一枚鍍金的勳章。

　　「沃琅，我身上最值錢的東西，就是這枚勳章，這背後有我拚命保護英國的故事。現在，我就送給妳，紀念我們的友情。」

　　「這麼貴重的東西，你真的不能給我！」

　　沃琅竟然感動得哭了。

　　明明相識不到一天，不知怎的我很捨不得沃琅，這一天的經歷就像一場夢。

　　我輕聲道別，揮一揮手，便筆直走上船側的登船板。

　　響起了開船的鳴笛。

　　蒸汽船收起了登船板。

　　船身緩緩離開碼頭，沃琅貼著堤邊追著走，一直深情與我對望。

　　那一刻，我突然熱血上湧，不顧後果做出了行動，衝近船側的欄杆，向沃琅伸出了手心。

　　「跟我走吧！我帶妳去冒險！」

　　「嗯！」

　　正常人會猶豫的事情，沃琅卻立刻做出了決定。彷彿

她就在等我這句話，當我一說出口，她馬上小碎步跑起來，歡喜若狂跳向我，凌空跨越腳下的海，緊緊握住我的手。

「傻瓜！妳不怕墮海嗎？」

幸好沃琅體態輕盈，我沒多費勁就拉了她上船，但我還是失勢往後跌倒。

目光一瞥，我才驚覺妮妮站在一旁，冷眼瞧著剛才的一幕。

慘了！

我太衝動了，隨口亂說話，沒想過沃琅會當真，也沒想過要如何收拾場面……這一次肯定要挨罵，怪就怪我沒有三思而行。

沃琅傻乎乎地問：「我可以留下來嗎？」

大大出乎我的意料，妮妮竟然笑著回應：「妳說過自己是無家可歸的狼女，那妳願意當我的寵物嗎？這樣一來，妳就有理由跟我們同行。」

沃琅與我四目交投，不明就裡就點頭了，妮妮還真的摸了摸她的頭。

哪有這樣的？

我覺得沃琅吃了悶虧，為了出一口氣，便湊近妮妮的耳邊，低聲冷嘲熱諷：「妳不擔心她是壞人嗎？」

妮妮卻反轉了立場，替沃琅說好話：「這麼傻的女生，又這麼愛書，不可能做出甚麼壞事。而且我暗中測試過她，她真的有嚴重的讀寫障礙。」

差點忘了沃琅的耳朵極靈光，她聽見了我和妮妮的悄悄話，便自告奮勇地說：「謝謝你們收留我。我不會戰鬥，但我會幫助別人戰鬥。」

妮妮貌似心懷不軌，要佔沃琅的便宜。

「很高興聽到妳這麼說。不如這樣好了，我跟妳做個約定，如果有需要的話，妳會借《飄》這本書給我使用。」

沃琅想了一想，卻道：

「不可以的！這不是我的書，不能隨便借人。」

妮妮沒有強人所難，只是一笑道：

「算了。沒關係。」

我彷彿洞悉了妮妮邪惡的想法——我們的行囊裡有《孤星淚》，就算沃琅不情願，妮妮還是有辦法奪人所好。

可憐的沃琅！

我好像害她掉進女魔頭的魔掌之中⋯⋯妮妮會讓沃琅同行，百分之百是因為這個傻女有利用的價值。

就像在演諧劇一樣，妮妮由背包裡摸出小鐵盒，鐵盒裡竟然有一對栗紅色的格紋長襪。

「狼小姐，請妳記著這個氣味。如果妳在路上發現一樣的氣味，拜託妳要立刻通知我。」

我一猜就知道是國王的臭襪。

太過分了！居然叫沃琅聞臭襪……

這簡直是用人用到盡！

妮妮做老闆的話，一定是黑心老闆！

我心中泛起了一股難言的罪惡感，都是我的緣故，沃琅才上了這條船，只盼不會因此鑄成大錯。

4

在歷史的洪流中，荷蘭一直是中立的國家，軍事力量薄弱。

浮士德的帝國已橫跨法國，暫時未有佔領荷蘭的迫切性。荷蘭要在大國的夾縫之中求存，唯有與德國維持邦交。

荷蘭位於德國的西北邊，兩國邊界相連。在這個沒有高速公路和汽車的時代，由荷蘭前往德國的北海岸，最快的方法還是乘船。

這些事，都是我跟小隊的大哥聊天時聽回來的，然後當我一字不漏的向沃琅轉述，她就覺得我很有學識。

「我們會在德國的威廉港登陸，然後……」

突然有人用力捏我的腰眼，害我喊痛叫出來。當我一回頭，便看見妮妮黑著臉的表情。

「你腦袋是不是有漏洞？你不說話，沒人當你是啞巴。」

妮妮怕我又說溜嘴，便下了封口令，整趟旅程我不准再跟沃琅聊天。

軍令如山，我的確是不夠慎重……但我心裡賭氣，為了展現男兒氣概，我頭也不回離開了客艙的包廂，獨自前往露天的甲板吹風。

這艘蒸汽船說大不大，說小也不小，除了我們和船員以外，至少還有四十名乘客。這個人數只是觀察公眾客艙的點算，假如有敵人登船，我相信他們都會暗中行動。

船頭的甲板沒有旁人。

那個臭妮妮！簡直欺人太甚！

我不是真的奴隸！沃琅也不是她的家畜！

當我對著汪洋大海大發牢騷，偶然發現一個奇特的大酒桶。

第一次回頭看的時候，酒桶明明是在門口旁側。

隔了一會再看，酒桶竟移位到了國旗桿下方。

當時我心想，酒桶不可能會走路，應該是有人搬動過來。我沒有很在意，又再繼續看海，在心裡咒罵妮妮。

咔……

到我驚覺腦後有怪聲，一回頭，酒桶竟已移動到我的背後。

詫異之際，突然有個青蛙一般的綠色人體由酒桶裡蹦出來，嚇得我整個屁股彈起。

「小兄弟，不好意思嚇到你……我只是在練習。」

對方不是妖怪，而是一個穿著綠衫的怪男人。他化了白臉妝，有個誇張的大鼻子，嬉皮笑臉，雙手扠腰，兩腳大字張開——正是小丑的模樣。

我有所顧忌地問：

「你……你是誰？」

「小兄弟，你看不出來嗎？我是劇團的演員，專門飾演丑角。」

小丑哥哥即場表演了「絲巾變內褲」的魔術，逗得我噗哧一笑。他又說到，自己的外號叫「蛙人」，現在要去德國那邊登台。只要有人跟我交朋友，我都是來者不拒，於是很快跟小丑哥哥混熟，有的沒的聊天。

「小兄弟，包廂裡那兩個女人，跟你是甚麼關係？我

偷偷看得出來，那兩個女人都對你有愛意。」

「你在胡說甚麼？」

「尤其是那個穿小紅裙的女生，她經常用愛慕的眼神盯著你，難道你都沒有發覺的嗎？」

難道這就是旁觀者清？

小丑哥哥這麼說出來，我不免臉紅心跳。妮妮對我那麼暴力，原來只是不想我發現她的真心嗎？不過，要是屬實的話，妮妮幹嘛批准沃琅上船？莫非妮妮對自己太有自信？都怪小丑哥哥亂說話，害我陷入三角戀情的煩惱。

「小兄弟，過來這邊，我還有個秘密要告訴你……」

我便跟著小丑走到暗角。

小丑左看看，右望望，確保沒有旁人，才湊近我的耳邊說話：

「你知道嗎？你的女人好像被獎金獵人盯上了。」

「獎金獵人？」

「這是很熱門的職業，你不會不知道吧？譬如有個『窮作家獎金獵人共濟會』，他們就是靠抓通緝犯來賺錢過活。你知道嗎？每天都有不少通緝犯和難民，搭乘這條航線，由荷蘭偷渡到德國。」

「嗄？幹嘛要偷渡去德國？」

「人人都相信《國富論》的力量，覺得只要在浮士德管治之下，就會有致富的機會。是的，誰不想發財呢？既然有通緝犯，就會引來獎金獵人，他們定期都在這條船上巡邏。」

小丑神色緊張起來，壓低了聲音：「小兄弟，剛剛我在船尾的甲板吹風，就發現了三個很有名的獎金獵人。小兄弟，我相信你是個老實的好人，但你的女人看起來兇巴巴的，很容易會惹人懷疑……我只是提醒一下，你們沒做過壞事的話，應該沒甚麼好怕的吧？」

我想了一想，立刻感到心虛……在法國逃難的時候，滿街可都是妮妮的通緝海報啊！在英國待了太久，我竟然忘了這麼重要的事。

忽然，船上播放多語廣播，當中有我聽得懂的英語，似乎是重要的呼籲：

「航道上即將出現西班牙的軍艦，在此提醒甲板上的乘客必須行禮致敬——」

在哨笛的長鳴之中，船員紛紛由船艙走出來，在甲板上列隊站立，雙手放在腰後。

碧藍的天空下，紅色鐵殼的軍艦劃破藍色的海洋，劈開一朵朵白色的浪花，船頭的旗桿高掛的西班牙國旗鮮紅得

奪目。

　遇上這樣的情況，我也有樣學樣，面向軍艦的方向，挺直身子站立。

　與此同時，我看見有船員站在旗桿旁，把荷蘭的國旗拉下一半高度，等軍艦回禮後，再將國旗升到頂。

　軍艦船頭的甲板上站著一個人。

　兩船相交之時，我也瞧清楚了，那人戴著銀色面罩，一身紅色軍裝，竟是個隱藏真面目的鐵臉人。

　我認得那個人！他的外號叫「鐵面王子」，曾跟史蒂文森上校在浮木上決鬥。

　至於他的真名……

　「蘭斯洛。」

　說話的人竟是巴斯，這個蘭斯洛就是他的哥哥。不只是巴斯，妮妮和沃琅都出來了。甲板上，還有其他湊熱鬧的乘客，我東張西望，發現剛剛跟我聊天的小丑不見了。我好像有事要向妮妮通報，但忽然分心想不起來。

　軍艦遠去，乘風破浪，拉出一條長長的白線。

　妮妮忽然牽住我的左手，令我心裡一動……接著她把我的手心伸進大背包的提手，暗暗用眼神示意，我便知道要有事故發生。

就在煙囪結束長鳴之時，妮妮向我們示警：

「當心。敵人來了。」

蒸汽輪船上層客艙的艙頂，冒出了三個穿著華麗西裝的男人。當我回頭凝望他們的一刻，妮妮就吐出三個名字：

「席勒、王爾德……還有一個是……我想起來了，他是達利的情人──羅卡！」

5

王爾德、席勒、羅卡……

妮妮喊出人名的時候，逐一指著那三個人，讓我們將面孔配上名字。

席勒最像他們的領袖，站在艙頂上方，往我們這邊喊話：「這位高貴的小姐，如果我沒認錯人，妳就是史上最高懸賞的通緝犯。我代表『美男作家俱樂部』，現在要在這裡拘捕妳！」

一聽見這麼奇怪的組織，我的雙眼瞇成一直線。

妮妮不屑道：「這個俱樂部的作家，全部都被浮士德洗了腦。我認同席勒和王爾德是美男，但羅卡就……真的勉強了一點。」

在地下世界，只要看得見嘴巴，就能領會對方說話的內容。

羅卡踏前一步，臉色因憤怒而紅漲，氣鼓鼓道：「小丫頭，妳是眼睛有問題，還是審美觀有問題？妳年紀太小，哪懂得欣賞男人！」

王爾德撥了撥中間分界的頭髮，竟然倒戈相向，向羅卡挖苦道：「她說的有道理啊～之前俱樂部辦了一場內部投票，我和席勒的確是公認的美男，而你沒有上榜。」

席勒沉聲道：「別中計！她在離間我們。保持冷靜和團結，才是美男應有的態度。」

王爾德道：「沒錯～我們要合作。抓到她之後，獎金夠我們買一輩子的高級護膚品～」

羅卡仍未息怒，懷恨的目光只瞪著妮妮。

這一次是團體戰嗎？

我負責保管的書，根本就不適用於戰鬥。我能操作的物理系書靈，暫時只有亞斯蘭，但《納尼亞傳奇》不在我的背包裡。

所以，我只好拉著沃琅躲在後面，指望妮妮和巴斯打敗敵人。

自戀的王爾德、高傲的席勒、豪情奔放的羅卡……

　　三位美男作家也算是紳士，為免激鬥牽連無辜的乘客，便與我方約定由巴斯和羅卡單挑。

　　五分鐘之後，乘客已由客艙撤出，為了平衡重量，分成兩批站在船頭和船尾的露天甲板區。

　　蒸汽船中間一大截凸出的艙頂，如今就是決鬥的擂台，我方和敵方分庭抗禮，保持安全的距離，相距大約四分之三的船身長度。

　　出戰前，妮妮在巴斯耳邊叮嚀：

　　「羅卡最厲害的書是《血婚禮》，書靈是橡膠拳手。至於這書靈有甚麼特殊技能，我就不清楚了。」

　　「那個羅卡看起來是近代人，對不對？」

　　「沒錯。羅卡是十九世紀末的作家，他的書靈一定鬥不過莎翁的書靈。你就是要提防他耍詐出陰招。」

　　「放心！我會速戰速決。」

　　巴斯自信滿滿，邁出大步，站在我、妮妮與沃琅的前方。對面的羅卡也是一樣的步調，懷裡揣著一本書，風度翩翩的樣子有點造作。

　　三、二、一，決鬥開始！

　　「*Hamlet*！」

　　「*Bodas de sangre*！」

巴斯召喚出巨大的皇家衛士，降落時震得船身激晃，幸好沒有壓垮艙頂，否則船家就要去向英國王室索償。

再看羅卡那一邊，他召喚出一個奇怪的橡膠巨人，白色的團塊組成胖嘟嘟的身軀，雙手裹著一對紅色的拳套。雖然看起來頗為笨重，至少在體型上不會輸給皇家衛士。

妮妮料事如神！敵人的書靈有這樣的外形，肯定就是她所說的橡膠拳手。

沒過兩秒，就輪到王爾德拿出書，嘴裡唸唸有詞。緊隨其後，相隔不到一秒，席勒也舉起一本書，擺明是要召喚書靈。

妮妮察覺到不妙，急嚷道：

「糟糕！」

她以極快的速度拿出《馬克白》，就在打開書之前，桃紅色的光波已擴散覆蓋了她的身體。

應該說有一片透明半圓的光罩展開，籠罩了我們所在的空間，當中包括整艘蒸汽船。

在光罩裡面看東西，彷彿都附帶桃紅色濾鏡的效果。半球的中心點正是席勒所站的位置，而他的正前方冒出了一座石雕的女神像。席勒撥了撥鬈曲的金髮，主動透露書靈的秘密，揚言道：「我這本《陰謀與愛情》的特殊能力叫『伊瑞

涅領域』，只要身處在領域之內，任何人都不可以召喚出新的書靈。」

這番話果然不是大話，妮妮喊了兩遍書名，火狐還是沒出現。

妮妮瞪住席勒，不爽地說：

「不是說好要單挑的嗎？怎麼言而無信？」

席勒強詞奪理：

「這位高貴的小姐，請妳不要含血噴人。我和王爾德沒有介入戰鬥，只是替夥伴創造有利的環境。」

妮妮懶得爭辯，直接怒罵：

「無賴！卑鄙小人！」

除了那尊女神像，敵方那邊還出現一座浮島似的雕像，但原來那不是雕像，石塊破開之後，竟出現一個陰森恐怖的惡魔，惡魔的雙手握住一大個金色畫框。頭髮中間分界那位帥哥是王爾德，浮島上的惡魔正是來自他打開的書。

皇家衛士與橡膠拳手面對面踏步，來到艙頂中間，開始埋身肉搏。衛士不閃不躲，直接交叉舉起雙臂，用肩甲擋住對方的勾拳。

橡膠拳手一聳肩，換手揮出直拳，擊中衛士的胸甲。

砰！

快到看不見的瞬間，衛士的劍矛已貫穿橡膠拳手的頭顱，響起極度刺耳的輪胎爆破聲。

千分之一秒的反擊！

臉中間穿了個大洞，橡膠拳手不但沒有即死，還有餘力握住劍矛，使出蠻力將衛士摔向另一邊。不過三秒，橡膠拳手的胖臉恢復原狀，輪胎一般的身體發生了變化，由白色漸漸染成了淺紅色。

看著巴斯困惑的表情，妮妮上前解釋：

「看見書靈的本體，我想起來了。每當橡膠拳手受傷，他的攻擊力都會暴升。這書靈的弱點是防禦力，本來皇家衛士可以秒殺它，但剛剛的傷害都轉移到那個『替死惡魔』的身上。」

妮妮遙指那邊的浮島惡魔，又說：

「王爾德那本《道林‧格雷的陰影》，特別技能就是替指定的書靈承受傷害。」

遠遠可見，惡魔握住的畫框之中，顯現了橡膠拳手的肖像畫。

現在，橡膠拳手的攻擊力大增，每一拳都虎虎生威，在皇家衛士的鎧甲上揍出裂痕。上勾拳，下勾拳，左左右右猛攻，橡膠拳手只攻不防，簡直將對手當成了沙包。

　　皇家衛士只是一味挨打，明明它握著騎士劍矛，卻不能善用武器反擊，一再錯過突刺的機會。

　　巴斯陷入困境，終於要向妮妮求助，急聲道：「我一反擊，它的攻擊力就會上升，那我豈不是在等死嗎？還是我不管一切，直接跟它鬥攻好了！」

　　妮妮立刻應話：「千萬不要！你再刺十個窟窿，替死惡魔也不會死的。」她也一直在苦思對策，但暫時未有破局的辦法。

　　席勒等人有備而來，真的棋高一著。

　　這就是團體作戰的力量——

　　三個美男作家組團出擊，各自的書靈互補不足，成功以下犯上，就連皇家衛士也受到壓制。最難對付的是席勒的「伊瑞涅領域」，因為除非我們跳船，否則不可能離開領域的範圍。

6

　　橡膠拳手如同欠揍的頑皮鬼，在皇家衛士面前晃來晃去。攻又不是，不攻又要挨打，巴斯左右為難，未想出破局的方法之前，只好操縱書靈死守。

磅！磅！

橡膠拳手連揮兩拳，一拳中腹，一拳下顎，打到皇家衛士單膝跪地。

皇家衛士垂下雙臂，處於毫無守備的狀態。

羅卡樂極忘形，也做出揮拳的動作，發出「呵呵」的笑聲，向巴斯叫囂道：「你想引誘我接近，然後突擊衝向替死惡魔吧？我不會中計的！我要慢慢玩死你。」

正如羅卡所說，橡膠拳手跨開雙腿，站穩在艙頂的中間，封死了我們突圍而出的空間。

我聽見巴斯的嘀咕：

「保持距離，正合我意……」

皇家衛士向前舉起劍矛，側身站立迎敵，採取劍擊比賽常見的起手式。哪知橡膠拳手不按章理出牌，半蹲發力之後，竟然主動衝向矛頭，用胸口撞上劍矛的尖刺。

浮島上的惡魔發出一聲咆哮。

橡膠拳手全身變成了紅色！

血一般的紅色！

哪怕是主動受創，攻擊力也會因此暴升。現在橡膠拳手只要一揮拳，就可以打爆皇家衛士的鎧甲，如同擊碎薯片一樣容易。

　　眼見皇家衛士必敗無疑，妮妮突然轉身背對敵方，向沃琅問道：「妳能召喚出《飄》的書靈嗎？」

　　沃琅拿出我媽媽給她的書，唸出書名：「*Gone with the Wind*——」

　　結果甚麼都沒有發生。

　　「抱歉，我用不到這本書。」

　　沃琅既無奈，又無能為力。

　　「我有辦法。狼小姐，我們能否脫險，一切就看妳了。請妳緊握手上的書，三、二、一！」

　　話音未落，妮妮已猛力一甩，將沃琅推向皇家衛士那邊。妮妮隨即向巴斯大喊：「快將她拋上高空！」

　　巴斯微微一怔，但他頭腦簡單，沒有多想，就依著妮妮的吩咐去做。

　　只見皇家衛士雙手抱起沃琅，臂膀就像盪鞦韆一樣，全力將沃琅垂直往上拋起。乍看之下，小小的身影足足離地十層樓高，假如由那麼高的位置掉下來，就算是貓科動物也會粉身碎骨吧？

　　正當我擔心得要命的時候，卻見沃琅飄浮在高空，雙腳懸空站立，徹底擺脫了地心吸力。

　　哦！我明白了！

書如其名，《飄》的特殊能力就是「飄浮升空」。

不僅是我，只怕是席勒等人，也瞧得出局勢出現了變化——

沃琅正身處在伊瑞涅領域無法遮蓋的範圍。

妮妮向上方高舉雙手，等了好幾秒，沃琅還是無法理解這動作的意思。

沃琅高高在上，一臉傻相，只是怔怔地瞧下來。情急之下，妮妮不得不大喊：「讓我升空吧！妳那本書的能力，應該可以讓對望的對象升空！」

「*Gone with the Wind*——」

當沃琅一唸完書咒，妮妮的腳底冒出一團發光的氣流，剎那間她就飄上了高空，升上跟沃琅一樣的高度。

我瞧向席勒那邊，發現他們面色大變，原因當然就是妮妮離開了伊瑞涅領域，偏偏他們又沒法阻撓。

火狐降臨！

說時遲那時快，劃破天際的火焰如隕石般墜下，落地之際低空一個轉折，浴火的巨狐高速直撞伊瑞涅的雕像，炸出一大片橘紅色的散焰。

船頂上灼熱的軌跡繼續延長，火狐去勢未了，撲向替死惡魔，猙獰的惡魔瞬即在熊熊烈火之中化為灰燼。

妮妮操縱書靈，技巧如同遙控無人機，解放火狐的全速突擊施襲，成功做出令人猝不及防的「**閃焰殺**」！

四大悲劇的書靈各有強項，火狐就是速度驚人，妮妮經過半個月的特訓，已經將這項特點發揮得淋漓盡致，隨時一出招就可以秘殺敵人。雖然一度掉入席勒的圈套，但現在妮妮已主宰這個戰場。

就在火狐要發動下一波攻勢之前，橡膠拳手趕回來救場，一連狂揮數拳，還是無法碰到火狐的一根毛。橡膠拳手的攻擊力再強也好，無法擊中竄來竄去的對手，到底只是白費氣力。

巴斯似乎覺得勝負已分，放心交給妮妮接手，便蓋上書本，召回全身殘破的皇家衛士。

沒想到橡膠拳手趕走火狐之後，竟然抱起三個美男子，由艙頂一蹬，縱身跳海逃亡。

對了！

橡膠可以浮在水面！

羅卡站在橡膠拳手的肩膀，向我們這邊做了個鬼臉。

席勒卻面無表情，不忿地說：

「想不到小女子才是絕世高手！」

王爾德的書套是鏡面，即使身處逃難之時，他還要一

邊照鏡，一邊賣弄風騷地説：

「今天一戰之後，你們永遠都忘不了我的美貌吧？別想我，後會有期～」

橡膠拳手竟然也是游泳健將，很快愈游愈遠。

妮妮懶得乘勝追擊，看來是要放生三個美男子。

正當我抹走一把冷汗，以為可以鬆一口氣，腳下傳來異常的巨響，地面像起浪一般震盪，令人心驚肉跳。

轟隆！

轟隆！

那是連環爆炸的聲音，就在船的內部迸出火花，一縷縷濃煙直竄天際。

開始有水湧進船身的鐵殼。

誰都看得出來，這艘船要沉了！

Chapter 4

格林童話

Kinder- und Hausmärchen

格林童話

Kinder- und Hausmärchen

1

爆炸之後，船身一側開始進水。

時間點這麼巧合，看來不是意外，而是人為的結果。

蒸汽船沒有即時沉沒，算是不幸中的大幸，但主船體已微微傾斜，恐怕短時間之內就會翻船。

不怕！沃琅有《飄》，她可以帶我們飄上空中。

沃琅聽完我的建議，卻搖頭道：「我做不到。每次用這本書，我都會覺得好累，最多只能維持三分鐘……要帶著這麼多人飛天，我真的做不到吖。」

有的書持續使用，就會持續消耗精神力，《飄》就屬於這一類。在飛行途中沃琅昏厥的話，全員就會墮海，所以此計並不可行。

我轉頭去問妮妮該怎麼辦，她只是淡然回答：「保持冷

靜。我們的計畫本來就有跳船的方案。」

船上重複播放七短一長的鳴聲，急促得令人恐慌，就算我沒海事知識，也猜得出是預告沉船的警報。

乘客加上船員，總共有六十幾人。

船兒又往進水的方向稍為傾斜。

我們緊握住欄杆，看著船員啟動滑道式登筏裝置。一條橘色的滑道快速充氣，下滑到登乘平台，那裡已有四艘漂浮著的氣脹式救生筏。

大家都在船員的指示之下，遵守秩序分批撤離。

首批登筏的名單是婦女和兒童，妮妮向巴斯交代了幾句話，就和沃琅滑進了救生筏。這種救生筏自帶引擎，兼具救生艇的功能。轉眼間，載著妮妮和沃琅的救生筏緩緩推進，離開平台準備加速。

餘下三分之二的乘客都是男人，在輪候登筏的隊伍之中，巴斯排在我的後面。

我好奇問起：「剛剛妮妮和你說了甚麼？」

巴斯直話直說：「她要我保護你。」

我用鼻子發出「哼」的一聲，不屑地說：「我寧願流落荒島，也不需要你的保護。」話一出口，我才醒悟妮妮在乎的不是我，而是我背包裡那些比我的命更重要的書。

輪到我了。

就在我鑽進滑道入口之際，背後傳來船員的聲音：「這位先生不好意思，救生筏已經超載，請你等下一輪……」目光一掠，只見船員正在攔住巴斯，然後橘色的滑道填滿我的視野，「嗖」的一聲，我就降落在救生筏的上面。

未等我坐穩，柴油引擎已經發動，救生筏瞬即往前飆出，兩側的水花飛濺噴開，快得就像在海面上滑翔一樣。

媽呀！這是甚麼狀況？

隔著筏尾掀起的波濤，我看著漸漸遠去的蒸汽船，就明白自己現在脫隊了。

「小兄弟，你需要幫忙嗎？」

我聞聲轉過頭，就看見不久前聊過天的綠衣小丑，原來他也搭上這一艘救生筏。

同筏的乘客有十一人，雖然人人都穿著救生衣，但小丑哥哥的妝容和打扮太過奇特，其他人均以駭異的目光盯著這個怪人。我緊緊抱住大背包，向小丑哥哥點頭示意，沒有出聲打招呼。

望向前方，遠遠可見妮妮和沃琅所在的救生筏。我們沿著相同的方向前進，船員站在船頭掌舵，正在使用無線電保持聯絡。我又聽見筏上的乘客互相安撫，說甚麼船難的地

點距離港口不遠，十分鐘之內應可到達。

正當我感到稍為安心，就聽到掌舵的船員高聲疾呼，一邊罵髒話，一邊拍打置於船首的柴油發動機。

不一會，船員對大家宣布壞消息：

「不好了！引擎發生故障，我們要立刻改變方向，迅速駛向岸邊！」

怎會這麼倒霉？意外接二連三，要麼是真的禍不單行，要麼就是當中有陰謀……我瞪住那名掌舵的船員，暗自對他起了疑心。

在船員操縱之下，我們偏離了原來的軌道。

船首來了個直角轉向，顛東顛東的馳向岸邊，這期間引擎斷斷續續發出怪聲，令人心驚膽跳。

沒過多久，眼前呈現一大片叢林，救生筏慢慢減速，就在一片濕土上面擱淺。

眾人狼狽上岸，轉頭又幫忙搬運求生物資，一同在叢林裡等待救援。

到了這個田地，我也不敢輕舉妄動，先保住自身安全再說。

透過樹幹的間隙，可見船員正逗留在救生筏那邊，嘗試操作無線電設備，向外界發出求救的信號。在地上那堆物

資之中，有人發現了防水手電筒和信號彈等求生用品。

小丑哥哥站在我的旁邊，忽然長歎了一聲。

當我側目凝視，他怪模怪樣的在原地打轉，忐忑不安的心情彷彿寫在臉上似的。他好像是對著我說話，又像是在自言自語：「德國軍人要來了！他們會將我們當成難民，然後逐一搜身，檢查隨身物品……」

我忍不住打岔道：

「甚麼？德國軍人會過來？」

「當然喲！就是由他們負責救難。如果身上有禁書的話，你就會受到盤問，然後必定會充公處理。」

我登時打了個冷顫。

「此地不宜久留。小兄弟請保重，我不得不走了，後會有期！」

小丑哥哥拋下這句話，便拿起他的皮革袋，頭也不回的走進了叢林。

2

叢林裡一眾男人正在等待救援，船員仍在操作無線電，對講內容是我聽不懂的語言。我轉回脖子，看著小丑哥

哥漸漸走遠的背影，把心一橫，便快步追了上去。

「大哥、大哥，你要去德國哪個城鎮？可以讓我跟你同行嗎？」

小丑哥哥停下了腳步，向著我問：

「我要去漢堡市。路上有伴，我當然歡迎。只不過我有點好奇，德國的軍人快將過來救援，你怎麼不留下來？」

聽到「軍人」兩字，我即時頭皮發麻。

「剛剛在船上發生的打鬥，你也看見了吧？我誤交損友，而她是通緝犯……我怕軍人會抓我回去審問，所以還是走為上著。」

「說起來，想不到跟你一起的少女……居然是大名鼎鼎的頭號通緝犯。真是人不可以貌相。你跟她到底是甚麼關係？」

我猶豫了幾秒，才吐出一個敷衍的答案：

「同班同學。」

是的，實情如此，我跟妮妮真的只是這樣的關係，而且同班的時間不足一個月，我就跟著她輟學了。

小丑哥哥皺起了一邊的眉頭。

「只是同學？你可是跟她站在同一陣線呢！我還以為她是你的意中人，你才甘心為她賣命……」

「不可能！」

我的反應好像過大，嚇了小丑哥哥一跳。

為了化解尷尬，我立刻解釋：「她平時動不動就揍我，不是恐嚇我，就是侮辱我。我生來不是給她欺負的！如果我會喜歡她，那我就是腦袋有洞！」

小丑哥哥聞言，非但沒有取笑我，而且一本認真地說：「哦⋯⋯這不就是斯德哥爾摩症候群嗎？」

「斯德哥爾摩症候群？」

我重複唸了一遍，不過變成了疑問句。

小丑哥哥暫停腳步，拍了拍我的肩膀，慢慢講解這是一種怎麼樣的奇怪心理。

簡單來說，就是被害者會對加害者產生情感，由憎恨變成同情，甚至愛上加害者。根據佛洛伊德的理論，斯德哥爾摩症候群是一種自我防衛的機制，幫助受害者抒解精神上的壓力。

小丑哥哥說話繞了一大個圈子，都在暗示我對妮妮是有愛意的，所以才會任勞任怨，而她一直在利用我這樣的情感。

是真的嗎？可是她打我的時候，我沒有半點興奮的感覺喔！

我也懶得辯駁，只是半信半疑地說：

「人類的心理真是奇怪！」

小丑哥哥有感而發：

「在歷史上，尤其在戰爭的時候，這樣的情緒更加常見。托馬斯‧霍布斯在他的《巨靈論》說過，所有人為了免於一死，都會將生存的權利交託給一個威權或者一個強者，群體的恐懼積聚集合，就會形成一個叫『利維坦』的巨靈。」

小丑哥哥的學識淵博，頗有智者的風範。

他會不會是個有名的作家呢？

我對此人的背景感到好奇，嘗試打探他的身分，便問：「大哥，請問我該怎麼稱呼你？」

「嗯，你可以我叫洛先生，或者一聲洛哥也可以。」

「我叫你洛哥好了。」

多虧了洛哥，我們才沒有迷路。由於地下世界位於地核，所以不可能有人造衛星，沒有衛星就沒有GPS導航。對現代人來說日漸失傳的技能，例如看地圖和使用指南針，對這裡的人來說反而都是必學的技能。

就這樣，我和洛哥潛逃之後，第一個目標是穿過叢林，前往北部威廉港附近的小鎮。

　　我會做這麼大膽的決定，就是相信妮妮會跟沃琅來找我。背包裡有一件我穿過未洗的內衣，每走一段路，我就會撕下一小塊碎布，扔在走過的地上。這樣做的話，沃琅就會更容易搜索我的行蹤吧？

　　三小時後，我和洛哥來到有馬車痕跡的大路，路也好走多了。

　　路上終於有路牌。

　　洛哥看了看地圖，就說往東再走五公里，便會到達最近的小鎮。

　　我看著洛哥的白臉妝，忍不住問：

　　「洛哥……你這個樣子，不怕惹人注目嗎？」

　　「有道理。我現在卸妝，請你等等。」

　　恰好就在前方，岩台下有一口冷泉，清澈的水質透亮，折射出如同藍寶石般的色澤。

　　洛哥走近泉邊，掬水洗去臉上的化妝。他同時丟掉了綠色的假髮，繫起來的直髮沿著肩頭垂落。他一直背對我，當他一回頭，我立刻驚訝得嘴不合攏，心中不自禁的湧出四個字——

　　英俊瀟灑！

　　我常常在螢幕上看見明星，但至於明星的真人是否一

樣貌美，我可沒親眼見過。但眼前這位年輕的大哥眉清目秀，黑頭髮黑眼睛，雙頰白裡透紅，真的比得上在螢幕上出現的明星。

總之洛哥是我見過最帥的男人！比席勒和王爾德都要帥多了！

「你……你原來是個大帥哥！」

「算是吧。我打扮成小丑，只是為了掩人耳目。因為我是逃犯嘛！」

洛哥說話的時候，一對眼珠兒溜了一圈，眼神既機靈又迷人。

「洛哥，你說自己是逃犯……所以你犯了甚麼罪？」

「因為我偷吻了公主。」

甚麼？這是性騷擾的罪行嗎？我無言以對，覺得這是人家的私事，便打消了追問下去的念頭。只要他犯的不是殺人縱火的惡行，對我來說尚可接受。

我覺得洛哥不是壞人，他要是心懷不軌的話，應該早就對我下手了，沒理由還要帶著我登山越嶺吧？

五環書就在我的背包裡……所以我有信心，妮妮一定會全力追蹤，展開營救我的行動。

我繼續走，繼續扔下小碎布。

撕完又撕，我的內衣只剩半件。

由中午走到入夜，我和洛哥都累了。

不論是戰鬥、勞動還是用腦，我們消耗的都是精神力，一旦超過了極限就會昏迷。

要恢復精神力，睡覺是最有效的做法……對，這一點就跟玩老派的RPG遊戲一樣。

路邊又出現了路牌，洛哥看得懂德文，告訴我再走半公里就會有旅館。

「我身上有馬克，今晚可以投宿。」

馬克就是昔日德國的貨幣。

經過分岔路之後，沿途出現一盞又一盞的指路燈。

燈光的盡頭是白色的籬笆，籬笆後是一幢木造大房子，門楣的招牌上有床的圖案，正是我們今晚打算投宿的鄉村旅館。

通透的窗口映出熱鬧的人影，涼風颼颼之中，洛哥和我直接推門進去。

一進門，因為眼前怪奇的光景，我只看一眼就驚呆了。

3

　　這裡是旅館內的酒吧區……我說得這麼肯定，並不是看見有人喝酒，而是目睹客人都坐在橡木酒桶裡面。最怪的是他們只露出一顆頭，或者肩膀以上的身體部分。有的人著裝，有的人裸露，就像在浴缸裡泡澡一樣，不過酒桶裡裝載的不是水，而是黃色的小花。

　　花浴？我看不懂這些人在幹嘛。

　　洛哥看出我的疑惑，便低聲嚷道：「你看見酒桶裡的黃色小花嗎？那是地下世界獨有的『小麻啤酒花』。聞久了這種花，就會出現醉醺醺的感覺。」

　　好詭異的事情。

　　我真不懂這些人的樂趣。

　　當我經過一張張的方檯，竟然發現那些「酒客」都在玩桌遊，男男女女眉來眼去……原來這就是地下德國的約會習俗？我轉念一想，這個世界滿是書呆子和書痴，玩桌遊還算是正常的社交活動，總比狂聊讀書心得好得多了。

　　經過了酒吧區，我跟洛哥來到了旅館櫃台。

　　「兩位客人，很抱歉今天的醉鬼特別多，如果你們願意等的話，再等一會可能會有人退房。」

既然旅館負責人這麼說了，我們人生路不熟，只好坐在酒吧區那邊靜候通知。

鄰桌的四個男人正在擺放圖版及道具，我好奇他們要玩的是甚麼桌遊，側目偷看了一會，無意中聽到了他們席間的閒談。

「偉大的黑帝浮士德大人，正在世界中心的王城沉睡，諸國列強虎視眈眈，乘機作亂圍攻，侵犯我們神聖的領土！我們扮演的角色是黑帝的四大神將，要合力抵抗邪惡勢力的入侵。」

桌面上攤開的遊戲圖版，無疑就是地下世界的地圖，分洲分區劃分成棋盤的格子。那四個男人輪流擲骰子，放置兵力及展開軍事行動。

「現實已經證明，民主制度千瘡百孔，理性失調，人人只為私利投票。我們的帝國沿用古羅馬的行省制度，元老院由賢明的哲學家主持，繼承羅馬法典的精神，將會建立最理想和最正義的烏托邦……」

直到這一刻我才曉得，原來浮士德已建立了橫跨歐亞的大帝國，而德國的官方名稱是「德國省」。

「做得好！你成功殲滅了登陸的美軍，《水滸傳》的等級上升到LEVEL 3。現在，你解封了能力，在戰場上可以召

喚出神獸⋯⋯」

我居然從這些德國人的口中，聽到了中國四大名著的書名，這樣的事簡直匪夷所思。

反正無所事事，我跟鄰桌的大人打開話匣子，借了遊戲說明書來看。

我翻開薄薄的說明書，嘴裡唸唸有詞：

「太好了。說明書有英文版⋯⋯」

第十三頁。歷史背景簡介。

中國是文明古國，很早就發明了造紙術，因此中國自古就是擁有最多古籍的強國。但中國的民族性有個致命的缺點，就是不團結，於是外國勢力利用了這一點，不斷煽惑內亂和分化，令這個民族自相殘殺。

離間計非常成功，當這個民族覺醒的時候，已經喪失了大多數古籍，此消彼長之下，近百年一直飽受凌辱。

直到浮士德奪得《物種起源》之前，無人能參透這本書的玄機，英國人得物而無所用，殊不知它的特殊能力竟是「修復圖書」。

浮士德君臨天下，一一收復中國各地失落的古書，也一一收攏了人心。

　　四大名著有四大神獸，操縱它們的就是四大神將。但丁大將軍，再加上四大神將，就組成了帝國軍的戰力核心。世間有一句口號，幫大家記住這五個大人物：「東龍西虎南雀北武中神曲。」

　　雖然浮士德橫跨歐亞的帝國已成形，與此同時，帝國也要面對五大列強的包圍，即是法國、英國、俄國、日本及伊斯蘭帝國。

　　讀到這裡，我覺得好驚訝！在我的認知中，美國應該是第一大國。想不到在地下世界，美國只是位於蠻荒之地的弱國。追根究柢，美國立國才二百多年，古書的數目根本不夠看。

　　四大神將是帝國直屬的武裝親衛隊，負責保住浮士德的江山，這也就是這個桌遊的勝利條件。

　　說明書最後的一頁是廣告，宣傳同廠推出的桌遊，例如甚麼《獵殺總統》、《轟炸英格蘭》、《浮士德大人無敵萬萬歲》……這一系列的遊戲，根本是在洗腦，鼓吹仇恨的思想！

　　我看著鄰桌玩得很投入的大人，心中泛起莫名的恐怖感，不由得起了雞皮疙瘩。

在場忽然有人高舉一份報紙，當眾大喊：

「這個好消息相信大家都聽過了，但我忍不住再說一遍！就在剛剛的下午，法國作家福樓拜宣誓效忠浮士德，上任法國省的總督。我們的帝國，永遠只由能者管治，將會千秋萬世興盛！」

酒吧裡的群眾一呼百應：

「浮士德大人萬歲！」

「萬歲萬歲萬歲萬萬歲！浮士德大人啊！你是偉大的領袖、英明的聖人、金色的太陽、萬民景仰的救世主！」

一個個袒胸露肩的男人由酒桶裡站起來，開始引吭高歌，由此可見他們對浮士德的崇拜是真心的。

英國人有英國的救世主，德國人也有德國的救世主。所謂的救世主傳說，可能只是投機取巧的政治宣傳。人人都憧憬英雄主義，人人都愛聽傳奇的故事，因此才會孕育出獨裁者。

我想起洛哥說過那個「利維坦」的道理——

尤其在國家積弱動亂的時候，人民嚮往的是橫空出世的強者，絕對的威權就這樣誕生在人性的恐懼之上。

唉！

面對戰爭的威脅，我也不得不思考這種深奧的題目。

在一片喧譁的歌聲之中，洛哥離座了一會，但他很快就回來了。他的面色有點奇怪，同時向我打了個眼色。

「這麼久還沒有房間，我決定不等了。」

洛哥摟住我的胳膊，低聲耳語：

「情況不妙。我們馬上要離開這裡。」

4

話音未落，洛哥已拉住我的手，帶我走出人多吵雜的旅館，奔往外面月黑風高的叢林。

洛哥神色緊張，一邊快步走，一邊問我：「你會不會騎馬？」我搖了搖頭。洛哥又說：「剛剛，有兩個男人一直監視你和我，我懷疑那兩人有不軌的意圖。我當過兵，這方面的直覺很敏銳，肯定不會看錯。」

如果對方騎馬追上來，我們就跑不掉了。

我想了一想，反問洛哥一句：「你會不會踩單輪車？」洛哥果然露出困惑之色，接著我由背包取出《羊脂球》，直接示範這本書的用途。

「*Boule de Suif*！」

我拍了洛哥一下，瞬即出現一個包圍他的圓球。

「你試試看，踩球的原理和踩單輪車一樣。用這個方法代步，我們就可以直滾下坡，既可以省力，又比走路快得多。」

洛哥睜大眼看著我，表情有點誇張。

「想不到你年紀輕輕，居然是書靈召喚師！」

我露出不好意思的微笑。

妮妮給我這本書的用意，應該是方便我隨時溜跑。在她眼中，我沒有甚麼作戰能力，遇上任何麻煩，逃跑才是上上之策。雖然我很不想承認，但之前我能戰勝敵人，真的都只是全靠小聰明。

「LET'S GO！」

我先行滾出，展示一些花招。

洛哥簡直是天才，只花了三分鐘左右，就已掌握到踏著內壁移動的竅門。想當初我可是花了半天，才練熟了平衡的腳步。我們來去如風，猶如在旱地上滾軸滑行，沒費多大的勁，就來到下坡路的盡頭。

眼前是微微上斜的山路，我便解除了《羊脂球》的能力，改為徒步爬山，踏進入夜後烏黑黑的山林。最壞的情況是要找個山洞過夜，我也做好了這樣的心理準備。

樹幹的影子投射在泥路上，多杈的枝葉遮蓋了山坡。

洛哥往來處張望，面色驟然一變，說道：「他們追來了！我差點忘了，德國人已研發出汽車，不過只限軍方組織使用。」

遠方果然出現一個有輪子的黑點。

為了隱藏行蹤，我照著洛哥的指示，趕快離開大路，涉險闖進了沒有路段的森林。

走了一會，我就知道在森林裡迷了路，摸黑前進隨時出意外，只好等日出的時候再走。

入秋之後，夜晚變得漫長，陰涼的冷空氣令我瑟瑟發抖，滿地的枯葉彷彿結了一層霜。

洛哥壓低聲音說話：

「差不多了，我們需要歇息一下。」

他還特別提點，哪怕再冷也不能生火，因為火光除了暴露我們的位置，還會令我們成為遠程狙擊的目標。

洛哥累了，我也累了。

就在我打瞌睡之際，草叢裡傳來了簌簌的怪聲。洛哥一走近，匿藏在黑暗中的東西就飛了出來，竟是幾隻圓鼓鼓的小怪物，張開血盆大口，咬住了洛哥的四肢和屁股。

來到近距離，我終於瞧清楚了，那些小怪物竟然是小蝙蝠！正常的蝙蝠不是圓形的，難道說這些是外貌像蝙蝠的

書靈嗎？

「不好了！想不到他們會有這本書！」

洛哥奮力在地上打滾，終於輾壓到那些蝙蝠消失。

兩名金髮漢子由樹後現身，兩人都戴著大盤帽，上身是吊帶白色襯衫，下身是黑皮短褲和及膝襪。較矮的漢子手持一本打開的書，向高個子道：「福斯，我們這次似乎抓到了大魚。」

洛哥直起了腰，怒目而視，向那兩人喊道：

「你們是秘密警察！明明是德國人，幹嘛要用英國人的《德古拉》？」

那個持書的漢子目光冰冷，瞪住洛哥說話：

「哼？你會這麼問，看來你很清楚這本書的特殊能力。催眠蝙蝠吸光了你的精神力，很快你就會昏迷。我為甚麼有這本書？因為作者是異見人士……處決他之後，這本書就成了國家的資產。而我精通英語，上級就分發給我使用。」

洛哥的身體發出「咕咕嚕嚕」的聲音，我知道這是精神衰竭的信號。

另一名漢子一樣是個冷面人，話聲像刀鋒一樣尖銳：「奧迪，別要說太多廢話，這傢伙是在拖延時間。」轉臉向

著洛哥，聲音像發砲一樣洪亮，吼道：「我們要用私藏禁書的罪名逮捕你們。快交出你們身上的書！」

禁書？他們知道我背包裡有五環書嗎？

我心中一凜，明白要逃跑也逃不了。

月光透進林間，視野頓時變得清晰。只見奧迪步步進逼，而他身後那個叫福斯的同伴，手上拿著一件奇怪的金屬釵，就像在探測甚麼東西一樣。

福斯尖聲道：「靈能儀晃動得很厲害……從來沒這麼誇張！他們身上可能有不得了的古書，不怕一萬，只怕萬一，我還是先召喚『鉛筆大兵』出來——*Der Untertan*——」

唸咒之後，颳起一陣狂風。

狂風疾捲的木屑之中，出現了一個高大的士兵，頭戴防毒面具，上身穿著深藍色的甲冑，雙腳是鉛筆桿，套住一大雙盔甲鞋。

這個書靈就是鉛筆大兵，它一亮相，左右手伸往背後一抓，就拔出了兩根粗大的長鉛筆。這樣的武器就像鴛鴦拐棍，分別裝上雙臂的套環之後，居然還會像鑽頭一樣自動旋轉！

奧迪並不將我放在眼內，只指著洛哥，向福斯喊道：

「先弄斷他的腿，再廢掉他的雙手！」

　　戰鬥一觸即發，鉛筆大兵第一次攻擊時，用的是右手的長棍，旋轉的棍尖像打樁一樣鑿向地面。

　　眼看洛哥那條腿是斷定了，間不容髮之間，他就地一個驢打滾，驚險躲過了播土揚塵的重擊。

　　鉛筆大兵旋即揮動左臂，向地面轟下第二擊，卻見洛哥又再滾開，一連串動作敏捷無比。

　　那個叫福斯的男人連聲吆喝，鉛筆大兵連環出招，一擊又一擊，彷彿掀起撲撲簌簌的風聲。在好幾次險象環生的關頭，洛哥就像個訓練有素的戰士，都一一靠打滾躲開，最後的一滾更是來到我的腳邊。

　　洛哥彈起來，緊摟住我的胳膊，急聲道：

　　「快用你的書！」

　　我一邊翻開書，一邊大喊：

　　「*Boule de Suif*！」

　　一個透明圓球包住我和洛哥，我倆朝下坡的方向同時一蹬，就在圓球裡奔跑起來。可是，跑這麼快的話，根本不能好好操縱滾動的方向，才滑下了短坡，我就失足在大圓球裡絆倒。

　　前方有一塊尖銳的大石！

　　根本來不及轉向，我們迎臉撞了上去，結果外圍的圓

球「噗」的一聲爆開。在半空翻了個筋斗，我和洛哥逐一跌落草地上面。當我掙扎站起來，環顧四周，發現四邊都是平坦的大草地。周圍沒有加速的斜坡，大石塊又多，就算再用《羊脂球》也很難逃得遠。

結果剛剛我們拚命踩球，只拉開了五十來米的距離。

鉛筆大兵殺氣騰騰衝過來，緊隨而來的就是奧迪和福斯，兩人的步子跨得很大。要不是受到操縱距離的限制，只怕鉛筆大兵暴衝的速度會更快。我看洛哥也沒再逃的意思，現在的處境就是絕境，剩下的選擇只有等死或者送死。

「做得好。這個距離就夠了。」

洛哥不知變了甚麼魔術，手上多了一本書。

「*Kinder- und Hausmärchen*──」

原來洛哥藏了這一手。

半空倏地出現極光似的幻彩，像發光的方框一樣輻射張開，直到變成圍住我和洛哥的四面「垂簾」。

寒光變厚，凝固結冰，剎那間竟然幻化成實體的冰雕。當我由震驚之中回過神來，四方八面已形成密不透風的空間，我和洛哥正置身在一座晶瑩剔透的小冰堡之中。

鉛筆大兵舉起高速自轉的棍尖，狂鑽冰堡的外壁，可是無法造成破壞。由此可見這座冰堡牢不可破，外面的敵人

一時三刻也無法攻進來。

　　在冰堡外面，奧迪投來難以置信的目光，詫然道：

　　「《格林童話》？你……你為甚麼有這本書？」

　　奧迪會知道書名，肯定就是聽見剛剛的唸咒。也就是說，洛哥打開的書竟是這本無人不識的名著。

　　洛哥沒有對著冰堡外的敵人，而是對著我回答：「小兄弟，我要告訴你一個秘密——我的姓氏是格林。」

　　說話的當兒，他眨了眨眼，目光閃過一道我無法解讀的異彩。

Chapter 5

變形記

Die Verwandlung

變形記
Die Verwandlung

1

格林？格林兄弟的格林嗎？

莫非洛哥就是《格林童話》的作者？可是……格林兄弟是古老的德國人，頭髮和眼睛怎會是黑色？

我未來得及開口，洛哥已合上了眼皮。

「我不行……接下來靠你……」

話只說了半句，洛哥就像一灘軟泥般垂落，側臥地上一睡不醒。

置身在透明的冰堡之中，我看著鉛筆大兵不停破壞外牆，又看著奧迪和福斯繞著外牆巡視。這個冰堡堅硬得超乎想像，就算敵人又砸又鑿，還是沒弄出半條裂痕。

我目睹這樣的現象，總算是鬆了口氣。

現在，洛哥手邊壓著一本書，雖然我看不懂德文，但

我知道那本書就是《格林童話》。

冰堡裡面沒有真的很冷,我倆暫時保住小命,但最大的難題是如何逃出生天……外面的兩名警察目露凶光,絕不會就這樣算了。

隔著冰牆,我可以看見奧迪的嘴形,因此接收到他的說話:「這個男人是甚麼來歷?一般人被催眠蝙蝠咬完,必定深度昏迷,但他被好幾隻咬了,居然還有餘力反抗。難道……他擁有過人的精神力?」

福斯拿出一本紅色的小書,翻了一翻之後,向奧迪提示:「根據軍方的檔案記錄,《格林童話》的書靈就是冰堡,只有防禦的功用。只要我們可以破防,他們只有受死的份兒。」

奧迪一拳捶向冰牆,疾呼道:「火!這個冰堡的弱點一定是火!福斯,你在這裡盯著,我去向邁巴赫報告,盡快找人過來支援。有你的鉛筆大兵,他們逃不了的。」

眼見奧迪快步離開,我不得不開始發愁。明明知道他們的詭計,但我就只能坐在這裡等死。

怎麼辦?

洛哥甚麼時候才會醒來?

鉛筆大兵就像獄卒一樣,寸步不移站在冰堡外面。

福斯是那種不怒不笑的惡漢，板著一張冷臉，當他的目光與我相接，哪怕隔著冰牆，我都會冒出一股寒意。現在唯有祈求妮妮和巴斯及時趕來，除此之外我真的想不出其他脫險的法子。

「不要在我的墳前哭泣……我不在那裡……」

寧靜的冰堡之中，洛哥忽然發出了聲音。我歪過頭一看，他仍然躺著，像個睡美男一樣。嘴唇微啟，輕聲細語，原來剛剛他只是在說夢話。

「不要在我的墳前哭泣，我不在那裡，我沒有沉睡……我是千縷的微風，是輕輕的飄雪，是柔柔的落雨……不要在我的墳前哭泣……」

洛哥一連唸了兩遍，我漸漸聽出這些夢話都是詩句。地下世界的人真是有文化素養，居然連做夢都出口成詩。不過，像洛哥這樣的大帥哥唸詩，真的有種迷人的魅力。

這位大哥在做夢，我就在乾著急。

時間無多，奧迪很快就會帶援兵過來，坐困冰堡的每分每秒，對我來說都是煎熬。我受不了孤立無助的窒息感，開始對熟睡中的洛哥說話：「洛哥，你快醒一醒，他們說要用火攻……如果這個冰堡不防火，我們就死定了。外面只剩福斯，要逃跑的話，就要趁現在……」

　　這番話真的吵醒了洛哥，他閉著眼皮問我：「我睡了多久啦？」

　　我拿出懷錶看了看，回應道：「半個小時啦。」

　　洛哥由睡姿變成了坐姿，又道：「現在我恢復的精神力，感覺還不足兩成。我要爭取時間，繼續恢復精神力。」然後他盤起雙足，背脊挺直，閉眼養神，就像禪坐一樣。他比我冷靜得多，氣定神閒地說：「我用這個姿勢休息，也可以恢復精神力，而且可以繼續跟你聊天。」

　　外面的福斯看見洛哥醒來，便開始凝神戒備，鉛筆大兵的雙眼就像監視器的鏡頭，追蹤著我倆的一舉一動。

　　我掩著嘴巴，壓低聲音說話：

　　「洛哥，你有方法殺出重圍嗎？」

　　洛哥說出一番玄之又玄的話：

　　「只要我恢復了精神力，就有可能打敗鉛筆大兵。精神力是內在的功力，很多人只顧追求強大的書靈，卻忽視了精神力的重要性。」

　　「精神力？」

　　「精神力才是操縱書靈的根本。沒有精神力，便無法召喚書靈。反過來說，如果精神力夠強，就可以激發書靈的潛能。」

聽了這番道理，我立刻想到一個例子，就是妮妮和巴斯用同一本書，每次都是妮妮召喚出來的書靈更加厲害。

等待洛哥休息這段時間，我也順便打探他的身世。

「我問你哪，你剛剛說自己的姓氏是格林……」

洛哥很快回答：

「格林兄弟的弟弟是我的祖先。」

原來如此！難怪洛哥不是金髮碧眼，我早該想到這樣的關係。我的好奇心就是旺盛，最愛打破砂鍋問到底。

「對了，《格林童話》不是合著的作品嗎？我聽說過，只要是多於一人創作的作品，都無法變成書靈。」

洛哥依然閉著眼打坐，只有嘴巴在動：

「是的，的確有這樣的法則。《格林童話》掛著格林兄弟的署名出版，但哥可雅各布只是負責收集資料，真正的作者是弟弟威廉。威廉是唯一的作者，就是由他把這本書帶來了這世界。」

我心念一動，有話直說：

「你是德國人？那你豈不是支持浮士德嗎？」

洛哥沉默了半晌，才回應我的疑問：

「民族主義就是民粹，最終會被非理性的衝動支配。就算我是英國人，如果英國犯下戰爭罪行，傷害了無辜，

我也不會盲目支持我的祖國。因為，平庸的沉默也是一種罪惡。」

這番回答好深奧，我有種聽了等於沒聽的感覺。

我想起不久前在酒吧裡聽到的閒話，又想起浮士德與妮妮的對談，內心出現了一絲動搖。至少，浮士德為德國人帶來了希望。

「在這場戰爭之中，英國是正義的一方吧？」

我很想由洛哥的口中得到肯定的答案。

他卻反問我：

「為甚麼你會有這樣的想法？」

「因為浮士德發動戰爭，要侵略全世界。」

「英國也發動了戰爭，佔領了很多國家，一切都是為了掠奪資源。你知道嗎？地下德國和中國發生內戰，毀掉那麼多古書，就是英國在挑撥離間。為了奪取西班牙的『紅·五環書』，英國王室下毒暗殺西班牙公主，還誣陷她是女間諜……那些人根本是惡魔！」

看來洛哥很討厭英國人，我還是少說英國的事為妙。不過，經他這樣一提起，我想起那段被囚禁的苦日子——這本見鬼的《懺悔錄》，六百多頁密密麻麻都是字！我氣得發抖，跟著洛哥一同大罵：「沒錯！我完全同意。他們那些人

嘴巴説話：「《懺悔錄》、《羊脂球》⋯⋯哇！這本書⋯⋯難道是⋯⋯雨果的《孤星淚》？這幾本絕世好書，你是怎麼得來的？」

我迴避這個敏感的問題，只好回答：

「一言難盡。」

洛哥握住《孤星淚》，面露興奮之色。

「可以借我看一看嗎？」

我點了點頭，回答了一聲：「隨便。」

洛哥翻了一翻，很快就把書還給我，歎氣道：「可惜我不懂法語，根本讀不懂。」

「黃·五環書」的封面上有個鎖形的浮水印，當洛哥碰到這本書的一刻，我的心跳漏了一拍。就算沒施加「封書鎖」的效果，五環書本來就是無字天書，只不過加了效果，就可以令封面的五環消失。

幸好洛哥只翻了一翻，看見全書是空白頁，就沒有多問。他拿起了最後一本書，皺著眉問：

「臭臭貓⋯⋯這是甚麼書？」

我興致勃勃地回答：

「這是我最愛的書。雖然召喚出來的貓咪很弱，毫無戰鬥力可言，不過很適合用來惡作劇⋯⋯」

「它有甚麼特別的能力嗎？」

「我有做過實驗，當臭臭貓被擊殺時，它會爆開變成一團紫霧，散發超級臭的臭屁味……敵人聞到了，絕對會生氣。」

洛哥怔怔地放下了《臭臭貓》，想了一想，才勉為其難擠出一句話：

「真是……真是一本有趣的書。」

結果一如我的所想，我們手上都是毫無攻擊力的書。洛哥忽然長歎一聲，沉著臉說：「天下萬物相生相剋，世上沒有一本書是無敵的。他們用火攻的做法完全正確，冰堡的弱點就是火，遇火即融。」

奧迪和邁巴赫終於來到冰堡的前面。

面對面的時候，我也瞧清楚了邁巴赫手上的書，那本書的書套有個火焰的燙印，一閃一閃的非常耀眼。我知道有個叫「書籍美容師」的奇怪職業，都會幫客戶裝飾他們的愛書，展示他們喜歡的個人風格。

「十分鐘，武裝部隊就會抵達。」

邁巴赫頓了一頓，又向奧迪說：

「我覺得，這兩個傢伙的來歷很可疑。尤其是，那個長髮的帥哥，我好像在哪裡見過……」

他口中的帥哥就是洛哥。

洛哥手上只拿著《格林童話》，一副備戰的狀態。

這次回來，奧迪還帶來了兩桶汽油，我一看就深感不妙。奧迪和福斯各自繞著冰堡走了半圈，倒下了汽油，一旦燃燒起來，頓成一個包圍冰堡的火圈。

邁巴赫站在油圈的外面，繞著臂問：

「小賊子，你們知道我的外號嗎？」

洛哥模仿他的口吻，嘲笑道：

「矮南瓜？短命鬼？」

邁巴赫走到更遠的位置，才回嘴：

「聽清楚，我的外號是『火舞炎男』！遇上我，絕對是你們這輩子最倒霉的事──我保證，你們這輩子很快就會結束。」

邁巴赫性格火爆，對付敵人心狠手辣，這一點誰都看得出來。哪怕隔著冰牆，也擋不住他憤怒的目光。

打開書，召喚！

也不知邁巴赫唸了甚麼咒文，地面出現一團自然的大火，火中冒出一顆大蛋，那蛋隨著火勢一同膨脹。火愈燒愈旺，蛋殼終於爆裂，跳出一個火頭人身的怪物。

洛哥挺身站在我的面前。

邁巴赫疾呼一聲：

「火炮怒鳥，FIRE！」

只見鳥頭人彎下腰，由鳥嘴裡吐出一顆大火球。接著，火炮怒鳥就像足球員一樣助跑，瞄準冰堡這邊，踢出燃燒彈似的火焰射球。

轉眼間，大火球命中冰堡正面的外牆，滔天的烈焰如火雨般降下。

空爆！

圍繞著我和洛哥的冰堡瞬即崩潰。

外圍的火圈也著火了，猛烈的野火一發不可以收拾，飆高的火海之中，冰堡的斷壁都在迅速融化，紅光灼照著眾人的臉。

「再一球，你們就會完蛋！你們說，投降不投降？」

「投降又怎樣？不投降又怎樣？」

「要投降，就交出你們所有的書！」

洛哥甚麼話也不說，只是對邁巴赫倒豎拇指，擺明就是誓死不降的意思。在這個生死關頭，洛哥轉過臉來，低聲對我叮囑：「你躲在我的背後，不要亂動。」

前有火炮怒鳥，後有鉛筆大兵，而福斯和奧迪分別站在兩側，徹底封住了我們逃生的路線，東南西北都是死路。

「FIRE！」

邁巴赫一聲令下，火炮怒鳥猛力踢出大火球。

大火球的火舌在空中迸散，彷彿變成吞噬狂風的巨獸，迎著我和洛哥的頭頂急墜，絕對是避無可避的空襲。

我的心中已冒出「死定了」的哀號。

在熾熱的空氣中，洛哥吐出一聲：

「*Kinder——und Hausmärchen*！」

一唸完咒，頭上瞬即浮現一大片虛幻的網格，極具未來世界的科幻感。一晃眼間，那些網格變成一連串紫金色的鋼片，就像穿山甲的拱背一樣彎曲，遮蓋和掩護洛哥和我的身體。

儘管火花激濺，我和洛哥安然無恙。

這一刻我也看清楚了，原來鋼甲極速成形，剛剛已組裝合成曲形的巨大長盾，完全擋住了大火球的衝擊。

邁巴赫的面色大變。奧迪兩眼圓睜，急得伸指大喊：「不可能的！你手上的書明明是《格林童話》！」

洛哥露出冷酷的笑容。

福斯站在近處，看得一清二楚，立刻驚叫道：

「《暗黑格林童話》？書名變了？甚麼回事？」

這時我也發現了異狀——

書的封面染成深色。

3

書名變了，書靈也變了。

如果福斯的話是真的，洛哥手上的書就是《暗黑格林童話》。

巨盾像捲曲的龍尾巴一樣，擋下了火炮怒鳥的殺著，外殼堅硬得媲美魔法防護罩。我站在巨盾的內側看得一清二楚，盾裡布滿複雜的機械零件，而且有兩個扁平的輪胎。

洛哥變了另一個人似的，意氣風發地說：

「反正你們命不久矣，就讓你們看看《格林童話》的真正力量。*Kinder——und Hausmärchen*！」

洛哥又唸一遍書名，裝甲巨盾隨即變形，金屬咔咯嵌接，最後竟然變成了巨弩的形態！

書靈是顯露成形的靈魂力量，即使巨弩看起來很大，卻比想像中輕得多，洛哥沒有多費勁就舉起來了。

此時，我還發現洛哥脫下了月形項鍊，夾了在書頁的中間。原來有這樣的戰鬥技巧！這樣做的話，不僅可以避免書本蓋上，亦可以方便單手握書。

　　洛哥直伸左臂橫舉巨弩，弩口中間有看不見的粒子凝聚，自動形成光束一般的炮矢，綠色狂閃的激光四溢散射。

　　那是超級巨弩激光炮！

　　我的目光跟著炮矢瞄準的方向，望向邁巴赫那邊，聽見他正在喃喃自語：「我想起來了。他是天才召喚師，蘭⋯⋯」

　　激光炮矢轟射而出，如電光，如橫刃，如吞噬一切的加農炮，掠過之處不留活口。簡直就是音速般的瞬間，邁巴赫已化為灰燼，魂體徹底消失，變成冉冉升空的光點。

　　火炮怒鳥消失了。

　　熊熊烈火阻隔之下，鉛筆大兵無法衝進來施襲。福斯眼見形勢不對，迅即拉開距離，背對我們奔逃。

　　大約需要十秒，超級巨弩充電完畢，洛哥便向福斯遠射激光炮，一道綠光不偏不倚抹殺了福斯的身體。

　　鉛筆大兵消失了。

　　這是一擊即殺的破壞力！

　　我目瞪口呆看著洛哥出招，一下子解決兩名強敵。

　　現在的難題是如何逃出四周的火圈。

　　「這個書靈還有一個形態，就是極速電單車。」

　　洛哥又唸一遍書名，巨弩裡的機件，變形成為一架電

單車，紫金外殼的車身相當炫目。

「上車！」

我從未坐過電單車，跨腿登上後座之後，只懂死命地抱住洛哥的腰。洛哥雙腳撐地，前輪開始運轉，震動幅度很大，就像在儲存一股衝前的力量。

三秒後，電單車直線加速，噴射似的飆出，風馳電掣越過了火海，輪胎冒出滾滾白煙。

由於車速快得驚人，我抱得洛哥愈來愈緊，十指緊扣成環。

車頭明顯是對準奧迪衝過去。

前輪離地，沙塵飛揚。

好殘忍！洛哥直接用車輪輾死了奧迪。電單車落地尾擺傾斜，我的目光隨著迴轉的車身一瞥，剛剛奧迪所站的位置已無人身，只剩一團四散的魂塵光點。洛哥的駕駛技術了得，往前一壓，令電單車翹起後輪，而他就俯身撿起了奧迪留在地上的書，整個過程完全不用下車。

這一刻，我目睹洛哥殘酷的一面，心中有股說不出的寒意。

洛哥坐著回頭，對我說話：「剛剛小睡，我只是恢復了兩成精神力。再有敵人出現，我就吃不消了。你抱緊，我要

開始飆車。」

巨盾、巨弩和電單車，這就是《暗黑格林童話》的三種變形，真是超級實用又帥氣的書靈！至於為甚麼書名會改變，要等真正脫險之後才能問清楚。邁巴赫說過會有武裝部隊過來，我們當然要盡快逃離現場。

我暗自感到慶幸：「幸好洛哥是我的夥伴，有他這樣的強者保護我，往後的旅途就甚麼都不怕了！」

趕在部隊封鎖這一區之前，我和洛哥已經遠走高飛，離開了茂密的森林。

車速愈來愈快，我在後座不敢亂動，但實在忍不住，便問：「你有這麼厲害的書，怎麼不早一點亮招？」

洛哥很快回答：「不是跟你說過嗎？我的精神力狀態不穩定，不一定使得出來。」

洛哥騎著車御風而行，足足過了三座路橋，穿過荒地和田野，又越過起伏的山丘，最後在一條跨河的鋼橋前減速停車。

車子停了，但我的心悸還未停頓。

整條鋼橋掛著煤氣燈，橋頭這邊有一面機械式的大鐘。雖然好像經歷了很多事，現在的時間只是十一點五十五分，午夜的鐘聲未響，灰姑娘還在舞會裡載歌熱舞。

　　洛哥一蓋書，電單車便化為一團紫霧，隨著黑夜的急風消逝。

　　「到這裡應該安全了。」

　　現在洛哥換到手上的書，就是奧迪的遺物，書名是我看得懂的英文——DRACULA，直譯就是《德古拉》。

　　昏黃的燈光下，洛哥居然開始翻書。

　　我好奇一問：「這是不是關於吸血鬼的故事？」

　　洛哥點頭道：「嗯。德古拉伯爵就是吸血鬼。這本書在德國人的手上，他們根本不識寶。今晚機緣巧合奪得這本書，真是天助我也！」

　　這番回應令我感到奇怪。

　　只見洛哥以每秒四頁的速度翻書，快得就像在用書搧風一樣。

　　我帶著滿腹疑惑，默默看著他速讀，同時看著時鐘計時。秒針還未繞完兩圈，洛哥就翻到最後一頁，面露微笑地說：「讀完。」

　　兩分鐘之內讀完一本書？這是開玩笑嗎？

　　在我認識的人當中，妮妮的閱讀速度已經是超能學生的水平，快得令我咋舌。沒想到一山還有一山高，洛哥的本事更勝於她，一個是高速電腦的話，另一個就是量子電腦。

我想起一事，便向洛哥提問：

「除了德文，你也讀得懂英文喔？」

沒想到洛哥昂然回答：

「英語才是我的母語。」

「甚麼？」

我開始感到事有蹊蹺，霎時無法反應過來。

「*Dracula*──」

我登時一愣，呆呆看著召喚成形的「催眠蝙蝠」。在我毫無反抗之下，蝙蝠已咬住了我的脖子，雖然不痛不癢，但我感到精力好像腹瀉一樣的流失，眼皮沉重得好像繫了鉛塊一樣。

「甚麼格林兄弟的後人，只是騙你的……」

就在我的眼前，洛哥對著自己的雙眼伸指，左一掐右一掐，摘下兩片隱形鏡片。接著他拿出不知哪來的鐵面具，恰好罩住自己的半張臉，眼洞露出深邃冰冷的藍眼睛。

「我的真名是蘭斯洛。」

這是我在昏迷前最後聽到的話。

4

我從不安的睡夢中醒來，發現自己躺在地上變成了一個巨大的糭子。

雖然我無法動彈，但我迎望上空，看得見微亮的天色。枕著冰冷的碎石地板，我使勁扭動脖子，才看得見周圍的環境。

這裡是戶外的廣場，近處有一幢磚造的宏偉建築，底部是長長的拱廊，頂部有兩個像砂堡一樣的尖塔。遠處橫列一排老房子，這一帶應該是某市鎮的老城區，我正置身在一個空曠的廣場，聽得見噴水池傳來的水聲。

是誰將我五花大綁？

不用問出口，我也知道答案，更何況那人原來蹲在我的腳邊。

「歡迎來到不萊梅市的市政廳。」

洛哥——不，蘭斯洛正微笑著看我，他戴上了鐵面具，眼洞閃爍著藍寶石般的目光。暴露了真面目之後，他渾身散發出一股神秘的邪氣。

我忍不住破口大罵：

「你騙了我！」

蘭斯洛由披風裡拿出一本書，冷不防問：

「這本書就是『黃‧五環書』，對不對？我研究過『紅‧五環書』，裝訂方式和大小都一模一樣，所以我肯定不會有錯。」

我呆了一呆，只是悶吭一聲。雖然我沒有承認，但蘭斯洛懂得察言觀色，也許能看穿我的心思。

「解鎖暗號是甚麼？」

蘭斯洛趁著我剛睡醒，又繼續套話。

「我不知道！真的沒人跟我說過！」

這是實話，所以我說得理直氣壯。

糟糕……

我好像中了他的話術，等於承認這就是五環書。蘭斯洛很了解英國的軍情，逐一說出幾個人名。

雖然我死也不肯開口，但蘭斯洛一問完，竟然有了一針見血的結論：「原來知道密碼的人，只有邱吉爾、史蒂文森……和那個尼莎白小姐。」

我大吃一驚，衝口而出：

「你怎麼知道的？」

蘭斯洛的笑容像惡魔一樣狡猾。

「我受過訓練，很會閱讀肢體語言。」

世道險惡，都怪我輕信了壞人。蘭斯洛冒認是格林兄弟的後人，只是為了騙取我的信任，把我玩弄於股掌之中。

我不管三七二十一，向他破口大罵：

「卑鄙小人！你弟弟巴斯那麼老實，你卻是個卑鄙的大騙子！你不敢接近巴斯和妮妮，所以就對我這個生面孔的人下手！」

「是的。我接近你，向你套話，全都是為了收集情報。只不過五環書竟然由你來保管，這一點真的令我非常意外。哈！對我來說，就像是偶然撿到寶，獲得了一筆意外之財。」

蘭斯洛直接承認了一切。

至於在航道上偶遇的西班牙戰艦，不用問也知道是他的布局……他塑造出「鐵面王子」的形象，就是為了方便找人冒充自己，而他本人便可以變成分身暗中行動。

當我想通背後的陰謀，一切為時已晚。

蘭斯洛任由我亂罵一通，等到我罵累了，才冷冷道：

「小朋友，戰爭就是這麼殘酷的。你還不明白嗎？大家共過患難，我也不想取你性命——你不想死的話，就要乖乖聽話。」

「你到底想對我怎樣？」

「噴水池中間有個很有名的雕塑。你看見了嗎？這是源自中世紀的童話，不萊梅的城市樂手。我約了同伴在這裡會合，他會負責替我看管你。」

我抬頭望向噴泉那一邊，看見他所說的銅製雕塑。一隻雞、一隻貓、一條狗和一頭驢，像疊羅漢一樣合體，由最大的驢子墊底，貓踩著狗，雞又站在貓的背上。

天色漸亮，噴水池那邊有了動靜，先是出現又瘦又長的影子，接著出現一個頭戴軟呢帽的高瘦男人。

地面鋪滿整齊堅硬的碎石，那男人沿著直縫緩緩走過來。他一邊走，一邊脫下大帽，露出一對招風耳。此人面容瘦削，橄欖大眼，整副相貌令我聯想到外星人。

這個廣場看來是有名的地標，這個時間沒有路人，所以對方必定是蘭斯洛口中的同伴。

果然，蘭斯洛上前相迎，說道：

「卡夫卡，看到你這麼準時，我就知道一切很順利。」

名叫卡夫卡的男人有點神經質，緊張兮兮地說：

「殿下，看來你也網到了大魚呢……我過來的時候，用望遠鏡瞧見了森林上方的火狐……你所說的英國小隊，應該很快就會尋到過來。」

蘭斯洛一笑道：「別擔心。繼續按照計畫進行。」

　　面臨險境，我的腦筋轉得特別快，很快想通了甚麼一回事。真是失策！我在沿途拋下碎布這件事，蘭斯洛默默看在眼內，他一定猜得出搜救小隊裡有嗅覺靈敏的動物。他將計就計，就引誘妮妮那些人過來。

　　蘭斯洛和卡夫卡又聊了一會，我在地上動彈不得，沒聽到兩人的對話。密談完畢，蘭斯洛騎上他的電單車，一陣疾風似的飆走了，就是不知他又有甚麼詭計。

　　「好啦……現在只剩下我跟你。」

　　卡夫卡在我的身邊蹲下，他的面色異常蒼白，聲音也是有氣無力。

　　「小伙子，蘭斯洛告訴我了，你是不是叫方士勇？」

　　對著這個怪裡怪氣的男人，我還是少說話為妙。

　　沒想到卡夫卡貼近我的耳邊，小聲地問：

　　「你覺得我是不是壞人？」

　　我怔了一怔，終於忍不住開口：

　　「你跟蘭斯洛不是同一夥的嗎？」

　　卡夫卡笑而不語。

　　一陣寒風吹來，他打了個哆嗦，又問：

　　「你冷不冷？如果你回答『是』的話，我答應幫你解開捆綁。」

我定眼看著這個虛弱的男人，他的笑容有點虛假。

「當然冷啊！你到底有甚麼企圖？」

就在我回答之後，渾身出現奇特的感覺，衣服變得鬆弛起來⋯⋯媽呀！我正在縮小。縮小的速度愈來愈快，到我驚魂甫定的時候，身體已小得跟小玩偶一樣。

忽然間，雙肩沉重無比，我一回頭，就看見騎在我背上的怪蟲！好噁心好可怕！它的外形有點像蒼蠅，卻有蟋蟀的大小，翅膀像紙一樣印滿了咒文。

到我停止縮小的時候，怪蟲的身長就等於我的高度。

卡夫卡將我抓了起來，放進了迷你的玻璃小瓶，還蓋上了軟木塞。

隔著玻璃瓶，我看見他巫婆般的微笑。

「呵呵，我沒說謊。我真的幫你擺脫了捆綁。我這個人很會守秘密，只有最親密的摯友才會知道，我這本《變形記》的能力是縮小——當我發問，誰給我肯定的回覆，那個人就會縮小，變成德國蟑螂的外形！」

好黑暗的能力！

話是這麼說，但因為卡夫卡自吹自擂，還是讓我知道了這個書靈的秘密。剛剛他亂問一通，就是在誘導我回應一個肯定的答覆。

玻璃瓶的內壁照出我的倒影。

救命啊！我摸了摸頭頂，真的有兩條長長的觸角。

那隻怪蟲飛上卡夫卡的手腕，卡夫卡吻了它一下，笑眯眯道：「做得好，我親愛的『咒術應聲蟲』寶貝。」然後他露出陰惻惻的微笑，向著我說：「再過不久，你的夥伴來到，你覺得他們會答應救你嗎？」

我恍然大悟。

原來卡夫卡和蘭斯洛合謀，就是要利用我來當人質，迫使妮妮說出「封書鎖」的解鎖密碼。

這下子糟糕了！

就算妮妮平時當我是奴隸，她再冷血也不會見死不救吧？我相信友情的光輝……這樣的話，她就會著了卡夫卡的道兒，跟我一樣縮小，徹底失去戰鬥力。

正當我苦思應對的策略，仰望卡夫卡的嘴巴，就接收到他的說話：

「沒想到這麼快。你的夥伴就來了。」

卡夫卡把囚禁我的玻璃瓶捏在手心，隔著透明的玻璃，我可以窺見廣場上的情景。

我首先看見由遠而至的亞斯蘭，接著看見亞斯蘭背上的妮妮和沃琅。

　　清晨的廣場上空蕩蕩的，當妮妮看見卡夫卡在這裡出現，當然感到不對勁。

　　妮妮左顧右盼之後，直接由亞斯蘭的身上跳下來，與卡夫卡對峙起來。她的左肩上有個戰鬥背包——這款背包側邊有拉鍊，方便取書，準備隨時作戰。

　　「請問妳是不是尼莎白小姐？」

　　卡夫卡的第一句話就是一個陷阱。

　　我知道他的左手藏在背後，正在運用《變形記》的特殊能力。

　　妮妮面無懼色，擺出兇悍的姿勢。

　　「是又怎樣？不是又怎樣？你在這裡擋路，所以你就是這次的敵人？還是另有主謀？」

　　幸好妮妮的回答模稜兩可，迴避了卡夫卡的問題。

　　我的臉緊貼著玻璃，雖然有點距離，但還是瞧得見妮妮身上的異狀——「咒術應聲蟲」已爬到她的裙子上面。

　　無奈我現在變成了蟑螂之身，沒法向妮妮作出警示。

　　面對妮妮的氣勢，卡夫卡的手心開始冒汗，但他還是保持鎮定，大聲喝問：

　　「那個叫方士勇的小子，他是不是妳的夥伴？」

　　這種問法相當巧妙，限制了妮妮的答案。

不好了⋯⋯

出乎我的意料，妮妮想也不想就回答：

「夥伴？你錯了。他不是我的夥伴。」

我彷彿聽見自己心碎的聲音。

5

──**他不是我的夥伴。**

雖然我知道妮妮可能在虛張聲勢，但聽到這麼絕情的答覆，我還是會感到心如刀割。

妮妮並不知道我在場，看來她也不知道《變形記》的能力⋯⋯既然如此，剛剛的回應不就是她的真心話嗎？

儘管我曾為她賠上了命，她壓根兒沒當我是朋友。

由始至終她都只是在利用我。

友情啊！本來就是脆弱的東西。

卡夫卡正捏著困住我的玻璃瓶，瓶身上凝聚的濕氣，就是由他的掌心冒出的冷汗。沒想到他聽見妮妮否定的答覆，竟然幫我說話，氣沖沖道：「呵，妳好壞啊！他不是妳的夥伴，那妳當他是即用即棄的小卒嗎？」

負負得正，他這樣問的話，就會得到肯定的答覆。

如果妮妮不在乎我這個人質，她的答案就是「**YES**」，如此一來就會啟動「咒術應聲蟲」的特殊能力。

出乎我的意料，妮妮竟然朗聲回答：

「他不是我的夥伴，而是我的戰友！戰友是比夥伴更親密的關係。」

——**我們是戰友！**

原來她是這樣看待我的！

不枉我當初拿著她留下來的書，冒險也要找她，再陪她在地下世界闖蕩，同生共死、並肩作戰……在戰場上隨時都有可能要死，我們願意將生命交給戰友，一起守護彼此的生命。

是的，戰友是比夥伴更親密的關係！

可惜蟑螂沒有淚腺，否則我一定淚流滿面。

卡夫卡始終未能哄倒妮妮，令她說出肯定的答覆。到了這一刻，他開始沉不住氣，當下舉起困住我的玻璃瓶，向著妮妮連晃了幾下。

「妳怕不怕蟑螂？」

這句話也是一個陷阱。

妮妮不假思索就說：

「有甚麼好怕的？」

　　我想起跟她在野外露宿的日子，她真的不怕昆蟲，反而是我會受驚大叫。

　　卡夫卡亮出藏在背後的《變形記》，打開天窗説亮話：「請妳看一看玻璃瓶裡的蟑螂！他長得像不像妳的夥伴——戰友——隨便妳怎麼叫也好，這就是我施展的能力，將他變成了蟑螂。」

　　妮妮走近兩步，瞪眼凝視可憐兮兮的我。

　　「這是人面蟑螂嗎？好噁心呀！這樣看，雖然真的有點像他的臉，不過你這麼直白，令我懷疑你有甚麼陰謀。你怎麼證明不是在説假話？」

　　幸虧她的語氣有所猶豫，又再逃過一劫。

　　卡夫卡發出「哼」的鼻音，即由袋子裡取出我的衣物，快手丟到地面。只見妮妮的面色微微一變，顯然是相信了卡夫卡的説法。

　　我仰望卡夫卡的臉，他一邊喘著粗氣，一邊急促説話：「只要現在解除能力，他在玻璃瓶裡膨脹變大，就會擠壓得不成人形！這是非常可怕的死法！妳想救他的話，就要棄書投降，現在我要妳交出背包裡的書！」

　　這是恐嚇。我很抱歉變成了人質。

　　「唉。沒辦法。」

妮妮只猶豫了五秒，就脫下了戰鬥背包，擱在石地上，逐一丟出背包裡的書。

「《馬克白》、《茶花女》、《雅典的泰門》、《巴黎聖母院》……」

還以為妮妮不在乎我的性命，在必要時會決絕犧牲我，想不到她竟然為了我棄書投降。我既是感動，又是擔心她的安危。

「這是背包裡所有的書嗎？」

「是的。」

說了。妮妮說了。

天呀！她還是中計了。

「呵呵！妳終於給我肯定的答覆！呵呵呵，妳也會變成蟑螂了！」

卡夫卡仰天狂笑。

一秒、兩秒……過了好多秒，妮妮還是沒有縮小。

「為甚麼會這樣的？」

對著卡夫卡，妮妮抓住黏在裙子上的「咒術應聲蟲」。在她手上的應聲蟲僵化，竟已變成了石雕。

「這就是《變形記》的書靈嗎？卡夫卡，我一看見你，便覺得你的書靈和昆蟲有關係。原來是特定條件發動的詛

咒，好賤的能力……我差點就中招了。」

妮妮這一招高明！剛剛丟書的動作，成功分散了卡夫卡的注意力。她若無其事唸出書名，就是在暗中召喚，乘機使出《雅典的泰門》的石化能力。

變成蟑螂之後，我有了一對複眼，視角近乎三百六十度，而且感光能力超強。

沃琅正坐在亞斯蘭的背上，視線仰望著半空。

我發現她唸唸有詞，就知道她在發動《飄》的能力。

在卡夫卡未注意到的上方，出現了一個人影──

巴斯像傘兵般降落，一腳踏向卡夫卡的肩膀。

突然我感受到一股下墜的重力，啪啦一聲，整個玻璃瓶碎開，我莫名其妙就脫險了，呼吸到新鮮的空氣。

由下往上看，巴斯正在與卡夫卡打鬥，而卡夫卡毫無還手之力。

剛剛巴斯偷襲成功，就是沃琅的功勞，她已是團隊中重要的戰力。我望向沃琅那邊，就看見她親切的笑容。

下一秒，我就驚見遠方轟來一道綠光，往亞斯蘭和妮妮的位置射來──那是超級巨弩激光炮！

危險！

我只能在心裡大叫，睜眼看著激光炮矢轟炸地面，衝

擊波四散，碎石沖天亂飛，爆開了一個大坑。

沒命了、死了……

塵土飛揚之後，只剩一團代表死亡的光點，沃琅和妮妮的人影都不見了。

很快我就察覺死的只是亞斯蘭。

半空中，兩個少女都在飄浮。

多虧了沃琅反應敏銳，千鈞一髮之際，來得及帶著妮妮一同升空。

除此之外，剛剛妮妮丟在地上的書，同時都在半空飄浮……原來書身亦算是靈體，所以沃琅亦可以救起它們。

她們應該都發現了，附近的屋頂上方有個男人，此人正是蘭斯洛。他這個壞傢伙一直在高處埋伏，就是為了暗算妮妮。

地面一聲巨響，皇家騎士登場，巴斯過來支援，預防下一次的炮擊。巴斯怒不可遏，使喚皇家騎士斜舉劍矛，指向他的哥哥。

我的視角在一剎那收窄，卡夫卡那混蛋不知在何時溜走了，而《變形記》的特殊能力也自動解除了。

超好運的是我的衣物就在腳邊，我立即撿來遮掩重要的身體部位。

　　又見屋頂上，巨弩變成了電單車，蘭斯洛直接騎車撤退，眨眼間就在我們的視線之中消失。

　　這一次總算是有驚無險。

　　現在我終於歸隊了，妮妮一落地，就過來追問：

　　「那人是蘭斯洛嗎？」

　　「是他沒錯！就是他綁架了我……」

　　我繫好了褲帶，開始訴說我在船難之後的經歷，還有透露關於《暗黑格林童話》的情報。當初炸船的是他，收買船員這樣的事，我猜他也做得出來……

　　未等我說完，妮妮已搶著問：

　　「你的背包呢？」

　　我頓時全身一震，冒出豆大的汗珠。

　　妮妮露出想殺人的表情，彷彿在說：

　　「你死定了！」

Chapter 6

吹牛伯爵奇妙冒險

Baron Munchausen's Narrative of his Marvellous Travels and Campaigns in Russia

第六章

吹牛伯爵奇妙冒險

*Baron Munchausen's Narrative
of his Marvellous Travels and
Campaigns in Russia*

1

嗚……

妮妮不是說我是她的戰友嗎？那她幹嘛要打我和罵我？

比起拯救國王，當務之急是追上蘭斯洛。

由於獅王亞斯蘭剛剛被擊殺，我們現在只能騎馬代步。朦朧的晨霧已散，我和巴斯一匹馬，妮妮和沃琅一匹馬，順著馬蹄的踏步一起一落，往北面的大路奔馳。

電單車雖然比馬快，但會留下明顯的車痕。主路不是柏油路，而且彎彎曲曲，騎車也不比騎馬有太大的優勢，所以我們還是有機會追上蘭斯洛。

妮妮向我和巴斯喊話：

「他果然往北逃！北面是海岸，一定有接應的西班牙艦隊。」

在船難發生之後，妮妮開始懷疑海軍裡有內奸，對外洩露了軍方的行動……現在真相大白，我們終於知道主謀是蘭斯洛。英軍中有不少將士是他的舊部，願意效忠於他也不足為奇。

妮妮不怪我被拐走，只怪我白痴無腦，竟然跟了蘭斯洛離開遠走，結果害她浪費時間帶隊搜索我的行蹤……當然也是擔心五環書會落入他人之手。

逗留在德國的時間愈久，風險就會愈高，因此搜救小隊的其他隊員也在分頭行動，牽著邊境牧羊犬，竭力尋找國王的行蹤。

我最大的安慰是巴斯也挨罵了，其實都怪他沒有好好看著我，才會讓蘭斯洛有機可乘。

當巴斯騎馬的時候，我死也不想摟住他的腰。

我坐在後面，一邊保持平衡，一邊問：

「洛哥……蘭斯洛……他說自己不會法語。」

巴斯歎了口氣，才說：

「他騙你的。我哥哥是語言方面的奇才，精通多種語言，包括英語、法語、德語及西班牙文。」

　　原來蘭斯洛說他不會法語，這件事也是騙我的。妮妮問我有沒有借過《孤星淚》給他，我本來想說沒有，細想之下，才驚覺自己犯了大錯──他的確問過我借書，而我不小心答應了。

　　也就是說，蘭斯洛獲得《孤星淚》的使用權，只要他使用「偷書賊」，就會同時奪得其他書的使用權。

　　只有五環書，才可以戰勝五環書，而只要奪得其中兩本，就等於獲得天下無敵的力量〔**三本的話，更加是絕對無敵**〕。蘭斯洛為西班牙而戰，「紅・五環書」一直是該國的國寶，再加上「黃・五環書」的話，就有了稱霸世界的軍事潛力。

　　雖然只相處了一日一夜，但我感受到他對英國懷有極深的恨意。妮妮猜他並未掌握五環書的用法，否則他直接解決我們就好了，根本沒必要逃逸。

　　無論如何，我們一定要追上蘭斯洛，阻止他帶著「黃・五環書」離開德國。

　　晨光全照。

　　兩匹馬來到了河邊。

　　根據地圖，這條河叫威悉河，往北六十公里就是入海口，經過不萊梅港，就可以直接出海。

妮妮叫出火狐，飛往上空視察。她閉著眼，告訴大家：「見到他了！他正在划艇。這個距離會追得上的，不可以放過他。巴斯，你快幫我把馬的韁繩解下來。」

當巴斯解韁繩的同時，妮妮也弄來了一條木船……弄來就是順手牽羊的意思，在我眼中，她真的好像手法純熟的慣犯。

就在河邊，妮妮接過韁繩，一頭繫上火狐的身軀，一頭在船頭打了個死結。噢，真虧她想得出用火狐來拉船！當她的書靈真的很慘，都會被她物盡其用……說起來，我好像也是一樣的命運。下個月就是聖誕節，我想到了可憐的麋鹿，這世界的聖誕老人都是自僱人士，他們常常因為違反「勞役動物法」而入獄。

妮妮和巴斯已在船上。

沃琅遲遲不上船，迎風站在岸邊，忽然向妮妮大叫：

「那個氣味出現了！妳叫我記著的氣味，現在出現了。」

我想了一想，就想起國王的臭襪。

──即是說，國王就在附近。

妮妮望著長河，又望著對岸，喃喃道：

「甚麼？這個時間點，真是令人頭痛……」

　　到底是要去追蘭斯洛？還是去找國王？

　　兩全其美是有可能做到的。

　　妮妮當下做出判斷，決定再信任我一次，派我和沃琅去追尋國王的行蹤，而她和巴斯就去討回被搶走的背包。

　　「過了二十四個小時，亞斯蘭就會復活。你們騎著亞斯蘭往北走，到達不萊梅港，靠狼小姐的嗅覺，就會找到搜救小隊的夥伴。」

　　妮妮把《納尼亞傳奇》借給我用，兇巴巴叮囑道：

　　「這本書很重要，如果你敢弄丟的話，我保證你會不得好死！」

　　我為了贏回面子，信誓旦旦地說：

　　「沒問題！我一定會立功的！」

　　事不宜遲，妮妮和巴斯開船，我和沃琅起行，相約在不萊梅港會合。

　　尋人這種事很講運氣，要是真的讓我找到了國王，我就可以將功補過。當沃琅知道尋找的對象是國王，她就卯足了勁，很希望幫我完成重任。

　　德國北部都是平原和湖泊，由於沒有種田的需要，自然不必開墾叢林。路上都是秋天的美景，我和沃琅快步走著，踏過山毛櫸、楓樹和橡樹的葉子，跨過潺潺的溪流，來

到一片遮天蔽日的樹林。

「國王氣味的源頭就在附近。」

沃琅忽然警惕起來，豎起了耳朵。

「等等⋯⋯有點不對勁⋯⋯」

我轉臉向著沃琅，順著她指著的方向，發現了埋伏在樹後的人影。就好像打草驚蛇一樣，我們一接近，那人影忽然竄逃。

正當我踏前兩步，腳下傳來「噼啪」的聲音，然後就有小樹幹反彈，打中了我的正臉。哎喲！痛得睜不開眼！我發現自己中了陷阱，腳踝已被枯葉裡的繩索套住。

那人影繞了一圈回來，終於在樹幹之間露臉。

露臉的時候，也露出了槍口。

「停。別動。」

滿頭白髮的老男人用獵槍對著我。

我見過國王的雕像，所以肯定眼前那男人不是國王。

對方又再大喝一聲：

「舉高雙手！」

我嚇得雙腳僵硬。

然後，對方真的瞄準我的心口，向我射出一槍。

2

那是沒有硝煙的手槍。

只見那老頭伸出食指，用手勢做出「手槍」，對著我做出扳機的動作，同時用嘴巴發出「砰」的一聲。

結果我真的中槍了！

霎時全身麻痺，如遭電擊一樣的感覺。幾條霓虹燈似的光波纏繞四肢，令我明白這是書靈的特殊能力。

「小美女別動，妳是女人，我不想傷害妳。」

老頭子趁著我不能動彈，一邊警告沃琅，一邊奪走我的腰包。

糟糕！腰包裡有《納尼亞傳奇》，這是妮妮的家傳之寶，如果我弄丟的話，她一定會恨我一輩子的。

原來老頭子的腰間掛著一本打開的書，他左手按著書，連聲喊道：「*For Whom the Bell Tolls*！」右手假充的「手槍」就像充滿電，凝聚著一團霓虹光。

大約五秒後，我終於可以動彈。

老頭子搜索完我的腰包，用「手槍」指著我，問道：「你們一直跟蹤我，到底有甚麼意圖？」他是個粗獷的漢子，滿臉白鬍子，穿著一件軍裝大褸。

這副尊容我是見過的！

海明威！

我還記得這個美國作家自甘墮落，當起了甚麼海盜王。

沃琅竟然比我先開口，説出對方的名字：

「請問你是海明威先生嗎？」

「妳認出我？」

「拜託！你這麼有名氣，地上地下，全世界的人都認得出你吧？」

「哈哈。該不會是因為我的通緝海報吧？」

「當然是因為你的作品。今天見到真人，真是我的榮幸，而且我好驚訝你長得這麼帥！高大又威猛！」

想不到沃琅那麼會説話，連聲誇讚，逗得海明威哈哈大笑……我肯定她沒讀過他的小説，反而我做過《老人與海》的閱讀報告。沃琅趁著這機會，向海明威解釋我們的來意。海明威指著沃琅胸口上的英國勳章，問道：「這枚勳章是怎麼得來的？」

沃琅立刻指著我説：「這是小勇送給我的。他是救了英國的大英雄！」

這番説話真是令人尷尬，不過我當之無愧。海明威投來質疑的目光，我亦趁機會道明來意。當他聽我説得出「史

蒂文森」是狗名，便收起了獵槍，單肩吊掛在背上。

海明威胸襟坦蕩，為剛才施襲的事道歉，主動和我握手示好。言談間，他變得和氣起來，説道：「我這個人敢愛敢恨，因此得罪了很多人，有很多仇家都在找我。你諒解了吧？我不得不小心一點。」

沃琅用鼻子聞了聞，好奇地問：

「海明威先生，你身上為甚麼有國王的氣味？」

「國王正在我的秘密藏寶洞裡躲起來，我一直穿著他的外袍，在森林走來走去，就是希望留下他的氣味。現在總算等到人了，我就帶你倆去找他吧！」

海明威説到這裡，將腰包還給我，指著露出半截的《納尼亞傳奇》。

「嗨，小鬼，這本書的書靈有甚麼用？」

我覺得沒必要隱瞞，便實話實説：「可以召喚出獅王亞斯蘭。」海明威沉吟道：「這是1950年左右的作品吧？物理系書靈的戰鬥力，成書時間是決定性的因素……絕對鬥不過1785年的《吹牛男爵》……」

海明威一面尋思，一面搖頭道：

「可惜，只有你們兩個，好像幫不上忙。」

「為甚麼？」

「坦白說，我現在很煩惱。海上巡防隊扣住了我的船，鎖在北面的港口。那班德國佬還綁住我的老友，要脅我交出國王和『寶藏』。巡防隊的隊長叫拉斯伯，《吹牛男爵》是他的書靈。」

海明威眉頭深鎖，彷彿抑鬱症發作一樣，悶不作聲走在前面。

趁著海明威稍為走遠，我對沃琅耳語：「剛剛妳嘴巴好厲害，把他哄得頭頂都要開花了。」

沃琅微笑道：「你媽媽常常跟我說作家的故事。她教過我如何讚美他們，她說作家的內心都很敏感，很需要別人的認同。」

路上，海明威說他外出了三天，往城鎮走一趟，除了留下氣味，也是為了打探風聲。他那十二個如同手足的船員，全部都受到巡防隊的拘捕，直接囚禁在船上，即將就地正法。

走了兩個小時，海明威領路之下，我們來到一個波光閃閃的大湖，碧綠水域廣闊，繞岸蘆葦叢生。

岸邊藏了一條原始的獨木舟，海明威立槳划行，載著我和沃琅。水紋劃過水面，舟身通過狹窄的秘密水道，緩緩逆流而上，最終來到一片依靠白堊懸崖的小樹林。

在這個隱蔽的秘境，有個隱密的秘洞，位於內凹的岩壁中間。

「上去吧！」

海明威示範如何爬上去，只要踩對了踏點，其實沒有很難，因為岩壁沒有真的很高。

煤油燈一亮，洞裡的一切映入眼簾，入口有一大台收音機，層架上有古董打字機和獵槍，地腳擺滿一列裝飾用的酒瓶，還有一些陶瓷貓雕塑。

角落深處，有個沾滿泥巴的木製藏寶箱，疑是剛挖上來不久的模樣。在這個只有六人床大小的洞穴，就是不見半個人影。

國王失蹤了，不在洞裡。

海明威不發一言，按下收音機頂的開關。

收音機播出廣播：

「這是最後通牒──請海明威先生帶英王阿倫八世出來自首，否則你們的懦弱將會害死同伴。期限是明天日落，刑罰是全部砍頭。但是，如果英王阿倫八世自首，軍方就會釋放所有海盜，包括海明威先生亦能倖免。」

小摺桌上壓著信紙。

海明威拿起來看，喃喃道：「謹啟海明威先生，謝謝您這個月庇護我，非常抱歉造成您和摯友們的困擾，蒙上帝恩典，我要為本人的不辭而別，致以最真誠最深切的歉意⋯⋯這下不好了。國王不想我難做，明天下午四點，他就要到港口自首。唉⋯⋯搞不好他要上船自刎。」

我大受驚嚇，與沃琅面對面說不出話。

只見海明威銜著空煙斗，坐著尋思了一會，一起身一踱步，已靠近了最裡面的寶箱。

寶箱沒上鎖，他掀起上蓋一翻，便打開了寶箱。

3

我期待藏寶箱會有黃金，沒想到一打開，箱裡全是厚厚的書。海明威似乎看出我的疑惑，便拍了拍我的肩膀，說道：「最有價值的不是金子，而是精煉的文字。」

「是嗎⋯⋯在這個世界，你說的又真的有道理。」

眼前的寶箱就是海明威的藏書⋯⋯也就是一堆贓物。

我想起了重要的事，不由得頓足道：

「真可惜！要不是我弄丟了五環書，現在就可以完成任務！」

「任務內容是甚麼？」

「就是向你借《時間機器》，我們想知道五環書的作者是誰。」

海明威顯得錯愕，反問道：

「你們的任務不是要拯救國王嗎？」

我只好假笑一聲，含糊過去。

「哈哈。我⋯⋯我也不是很清楚。不過，如果你肯借出這本書，就是幫了我們一個大忙。」

不管我如何游説，海明威始終不肯借書，因為他很喜歡《時間機器》的妙用，很擔心英軍會有借不還。不過，他提出一個折中的做法，就是由他親自走一趟，使用這本書的特殊能力。

「我做人很有原則，從來不會向人借書，也不會借書給別人。書，就是一定要買，作家才不會失業！」

沃琅聽了，竟然鼓掌起來⋯⋯以我所知，她長期流落街頭，照理説應該買不起任何書籍。

因為沃琅崇拜的眼神，海明威有感而發：

「謝謝妳。我想説的是——國家興亡，讀者有責。作家失業，國家也會走上滅亡之路！」

有沒有這麼誇張？我的雙眼瞇成一直線，並沒有出聲

反駁。

海明威繼續發表肺腑之言：

「明明是很愛書的人，來到這世界，卻忽然不看書了。為甚麼？因為他們都成了資本主義的奴隸，只顧追求不斷貶值的財富。有甚麼可以令人民覺醒？這就是文字，文字是浮士德最恐懼的力量。」

雖然這位大作家說得振振有詞，但我定眼看著滿箱的寶書，實在忍不住提出疑問：「抱歉我想不通……你從不向人借書的話，這些書怎會在你的手上？」

「有些書是搶來的！我做海盜很有宗旨，只會洗劫壞人的賊船，這就是我的信條——以暴易暴！」

沃琅伸手摸進寶箱裡，小心翼翼拿起一本棕色的書，書名是我看不懂的文字。

她一針見血地問：「好人呢？這是托爾斯泰的書……他是我最愛的作家。我相信他一定是個好人。」

海明威竟然點了點頭，認同沃琅的說法。

「遇上托爾斯泰這樣的好作家，我會邀請他們上我的海盜船，和他們進行公平的賭局。賭注就是我們各自的名著，而我都會叫對手輸得心服口服！」

儘管海明威說得大義凜然……但這不就是迫賭嗎？

海明威忽然向我們訴苦：

「我也不是逢賭必勝……要是我沒輸掉自己其他偉大的作品，那些德國佬豈會打得過我？寶箱裡的名著，英語書都沒幾本，其他都是我不懂的語言。給我再多厲害的書，又有個屁用！」

説到這裡，他大發脾氣，用力拍打洞穴裡的岩牆。

在地下世界，語言和文字是兩套不同的系統。

我就像個學生一樣，緩緩舉起了手，支吾道：

「唔……海明威先生，其實我這本《納尼亞傳奇》，還有一項特殊功能。簡單來説就是『自動翻譯』……感覺就像戴上眼鏡，內文都會變成你熟悉的文字。」

海明威驚訝得兩眼圓睜。

「真的嗎？」

我打開《納尼亞傳奇》，示範唸出酒瓶上的德文。既然海明威説過不會向人借書，他應該不會背信棄義吧？此書是妮妮的家傳之寶，我絕對不能隨便借給別人。

「等我想一想……可行、可行！這下有救了！我就在你的身上賭一把吧！我需要助手。只要你能用厲害的書靈，就能陪我去救人。」

海明威忽然打開寶箱，向著我大喊：

「你隨便抽一本吧！我送給你！」

這麼隨便？

不過，這種抽獎的玩法正合我意。

我伸手進去，摸來摸去都是很厚的書，好不容易終於摸到比較薄的，便拿出來看一看。書名似英文而非英文，有些是我未見過的字母。當我一翻開書頁，就發現自己上了大當，因為內文的排版密集，字數看來頗多。

我捧著書，向海明威問：

「這是甚麼作品？」

「Kak……我也不會唸。書名是俄文。我知道是奧斯特洛夫斯基的……」

沃琅唸出俄語的書名：

「**Как закалялась сталь**──鋼鐵是怎樣煉成的。」

這書名好有氣勢，不過我對煉鋼的題材不感興趣。正當我悄悄將書放回寶箱，海明威卻按住我的肩頭，大聲道：「小鬼，你要相信命運。我記得，這本書的書靈是『鋼鐵拳頭』。要當真正的男子漢，就該用武器類的書靈，直接衝鋒陷陣。」

我懵裡懵懂地問：

「武器類？」

「這是特殊能力系的分支。」

海明威豎起四隻手指，繼續說：

「特殊能力系的書靈有四大分支，分別是武器類、輔助類、陷阱類和偵訊類。在此不得不自誇一下，我那些偉大的作品，全部都屬於武器類的書靈。不過，因為我是個和平主義者，所以書靈全都是沒有殺傷力的武器。」

聽起來真是矛盾的說法，但我想起一見面他對我「打手槍」，的確只是造成了麻痺的效果，並沒有令我受傷。正因為傷不了人，海明威才需要我幫忙幹髒活吧？只有聯手，才有可能擊倒武裝上陣的敵人。

「小美女，既然妳會俄語，又喜歡托爾斯泰，我就將他的書轉贈給妳。托爾斯泰是偉大的作家，我也非常佩服，不過他在賭桌上弱到爆，他把自己的代表作都輸給我了⋯⋯哈哈！」

這番話出自海明威的口中，真的令人哭笑不得。

海明威凝望著沃琅，說道：

「托爾斯泰的作品全是輔助類書靈。輔助類的書靈有兩種功能，要麼給夥伴提升戰力，要麼削弱敵人的能力。小美女，我保證自己不會看錯！妳很適合用輔助類的書靈。」

不知道他是瞎猜的，還是別具慧眼，真的說中了沃琅

的本性。她說過自己不會戰鬥，但她會幫助夥伴戰鬥。

我拿出懷錶，看了看時間，望出洞口外面，陽光快要熄滅了。

當下我想到了最大的難關，便舉起《鋼鐵是怎樣煉成的》，向海明威道：

「期限是明天日落，我們就要去救人⋯⋯所以你要我在這麼短的時間，讀完這麼多字的書？」

「當然！」

海明威強人所難，我立刻大發牢騷：

「只有一晚的時間？怎麼夠！」

「時間不夠？這種狗屁的理由，我聽得太多了。」

海明威頓了一頓，又繼續說教：

「世人總是抱怨人生太短，諷刺的是他們都在浪費人生。就算給他們一千年的時間，他們都不會活得精彩。知道嗎？問題不在時間夠不夠用，而在我們如何盡用有限的時間。」

不愧是大作家，真的罵得我無法反駁。

「好吧。我會試試看。」

我許下男子漢的承諾，接受讀書的修煉。

4

我不再抱怨，便發動《納尼亞傳奇》的特殊能力，開始翻閱《鋼鐵是怎樣煉成的》。這本書的字數真的很多，儘管我覺得不可能一晚讀完，但為了拯救人命，這樣的責任感令我不得不嘗試。

比起悶到地獄谷底的《懺悔錄》，這本書的內容可有趣多了。一頁接著一頁，我的進度不算快，但也不算緩慢，至少暫時未有倦意。

另一邊廂，沃琅正在讀的書是《戰爭與和平》。

海明威不懂俄文，只能在旁乾著急。他看著沃琅讀書，看著看著看了很久，終於看不過眼，忍不住出聲督促：「小美女……妳讀了一個小時……只翻了一頁？妳在跟我開玩笑嗎？」

眼見沃琅欲哭無淚的樣子，我便替她說話：

「她有讀寫障礙喔！」

海明威搔了搔鬍子，詫然道：

「有讀寫障礙的人進來這世界？真是奇聞啊！」

這個海盜首領的意圖相當明顯，就是想將我和沃琅培育成戰力，明天跟他一起去救人。

海明威不甘心放棄，嘗試教沃琅速讀的秘訣，結果弄得她非常自責，連聲說對不起，自己罵自己笨蛋。我查看最後的頁碼，《戰爭與和平》有一千二百多頁……這不是要了她的命嗎？

突然，海明威靈光一閃，向沃琅問：

「不如妳說說看，妳這輩子讀過甚麼名著？」

「只有一本……《安娜‧卡列尼娜》。」

我記得沃琅跟我說過，她學會讀俄文之後，這是她唯一讀過的名著，好像總共花了三至四年的時間。我真佩服她的傻勁，第一次就挑戰這麼難的書，換了是我應該早就放棄了。

「早說嘛！我早就說過，托爾斯泰的代表作都輸給我了。」

海明威翻了翻寶箱，找到了沃琅提及的書，這是蘊藏書靈力量的原版正本。

「《安娜‧卡列尼娜》！」

接過書的時候，沃琅激動不已。

當她的指尖碰到書的時候，封面閃閃發光。這就是說，書靈已認同了新的書主，可以任由她差遣召喚。

「*Анна Каренина*！」

不曉得為甚麼，當沃琅唸出了書名，等了一會，結果甚麼都沒有發生。

「怎會這樣的？」

海明威百思不解，不停催促沃琅嘗試，可是試來試去，都變不出花樣，試不出這本書的特殊能力。既沒有實體出現，又不會令物件產生變化，即便是對著海明威使用，也是沒有出現任何異狀。

沃琅多番嘗試都是失敗。

「奇怪！我明明有精神力消耗的感覺。海明威先生，為甚麼連你也不知道這本書的用處？」

海明威繞著臂回答：

「托爾斯泰賭輸了書的時候，擺出很臭的臉，我當然不好意思向他查問特殊能力⋯⋯」

結果沃琅累壞了，海明威也不能迫她再試。

算了！不管他們了。

我的目光回到《鋼鐵是怎樣煉成的》。

晚上，挑燈夜讀，我很難得這麼主動。

海明威和沃琅都在小歇的時候，我還在繼續讀書。

直到洞穴外的陽光射進來，我也渾不自覺，到最後全力衝刺，終於讀完了整本書。蓋上最後一頁，我才知道內容

和煉鋼毫無關係，書名的鋼鐵比喻的是堅強的意志。而我相信自己已領悟了真諦，因為摸著書皮的時候，有股熱流不斷湧上我的手心。

我轉頭一看，才發現海明威在旁看著。

「小鬼，你好棒，真的做到了。」

他對我豎起了拇指。

有生之年，我竟然得到海明威的讚美，這樣的事真是不可思議。

是時候試一試。

我一伸完懶腰，便站直了身子，唸出沃琅教我唸過的書名：

「*Как закалялась сталь！*」

一個巨大的銅環貼著我持書的手腕出現，直徑足足有我身高的一半。接著一塊塊金屬片沿著右臂拼組，電磁波一閃，變成了一個黑色鋼鐵的巨拳，牢牢套住了我的拳頭。

這就是我的──

鋼鐵拳頭！

巨大的拳頭嵌入了銅環之中，非但不沉重，還可以揮動自如。我逐一張開五指，就像在操縱機械人的手腕，這樣的感覺實在太神奇了。

海明威把一切看在眼內，驚歎道：

「哇！我從未見過這麼大的拳頭！好厲害啊！小鬼，你有甚麼感覺？」

我捏緊了拳頭，面向海明威，興奮得躍躍欲試。

「我感到有一股力量，源源不絕湧上我的右手。」

「你試一試揮拳吧──等、等！不是揍向我，你去外面打大樹吧！」

這時候沃琅也醒來了。

於是，我們離開了山洞，來到了晨光普照的樹林。

右臂掛著的銅環閃爍著低調的光澤，黑溜溜的鋼拳凜凜生威，而我神氣的模樣也嚇得林鳥飛走。

呵！

我故意挑了最高的大樹，舉起巨大的鋼鐵拳頭，用盡全力揮出一拳。

轟！

打破的樹幹不是斷開，而是化為散開的木屑，擊拳之處爆開一個大洞，透入朝日的陽光。

破壞力超越我的想像！

我驚訝得目瞪口呆，轉臉望向海明威，他也吃驚得垮掉了下巴。

只有沃琅大力拍手，喊出聲來：「炒雞炒雞厲害！」

海明威抹了抹汗，才說：「想不到這本書這麼厲害，這下子真的有救了。而且配合拳頭出現的銅環，好像也有防衛的作用。」

他沒有說清楚要幹甚麼，只是叫我擺好姿勢，忽然就舉起了獵槍，近距離向我射出了一發子彈。

「很好。果然可以防彈。」

太亂來了吧！

如果銅環只是虛有其表的裝飾品，我豈不是已經中彈身亡？

「呵呵，小鬼，做得好！你總算沒有辜負我的期待！」

海明威見識了鋼鐵拳頭的威力，對救人的信心大增。

「準備作戰！」

5

海明威很會開船，他讓我和沃琅在漁船上睡覺。平平穩穩的漁船順著水流而下，終點就是北面的港口。

這一覺睡得很好，當我精神飽滿醒來，時間已是下午三時，漁船正停泊在綠樹成蔭的碼頭。

　　我知道，冬令時間的德國，未到五點鐘就會日落。

　　換句話説，我們要趕在砍頭的期限之前，全力拯救海明威在船上受縛的手足。

　　「小美女，計畫第一步的突襲，成不成功就看妳了！」

　　海明威帶我們潛行，來到港口外面的圍牆。他説只要飛越眼前的高牆，再橫飄半公里，就會到達鎖船的地點。

　　「這次戰鬥，要特別小心巡防隊的隊長。他叫拉斯伯，是個沒種的混蛋。他那本著作是給小朋友看的，書名長到我唸不出來，書靈是『水砲馬』，總之你要小心提防。」

　　海明威特別提醒，水砲馬的特點就是速度快，而且有遠達一公里的操縱距離。

　　「*Gone with the Wind*──」

　　沃琅使用《飄》的能力，升空氣流出現，一口氣載了大家上天。

　　昨晚折騰到凌晨，海明威跟沃琅不停試驗，還是沒搞懂《安娜・卡列尼娜》的功能。但在他指導之下，沃琅更加熟悉《飄》的用法。譬如説，原來除了可以自己，還可以承載自己重量以下的物件升空。

　　除了讓自己和夥伴升空，這本書也可以賦予書靈飛行能力，這樣就可以攻擊空中的敵人。海明威也做過測試，如

果他沒有升空的意願，沃琅就無法令他飄起來，所以這一招不可應用在敵人身上。

「那邊！」

海明威向沃琅指明海盜船的位置，距離沒有很遠，相信沃琅的精神力還撐得住。

只見海盜船上約有二十名水警，他們的注意力都在地面，暫時沒有人仰望上空，我們總算順利來到了適合降落的高處。

海明威跟我交換一個眼色，激勵道：

「小鬼，今天你是主角，準備大幹一場吧！」

我深呼吸，握緊了書，大喊一聲：

「*Как закалялась сталь*！」

沃琅操縱我和海明威降落的速度。

當我下墜之際，金屬片沿著右臂鑲嵌，瞬即形成了鋼鐵拳頭。我左手扯住主桅上的吊繩，貼著桅桿旋飛而下，第一拳就擊飛了瞭望台上的水警。沒有半刻停頓，我就利用吊繩滑到甲板，揮動巨大的鋼鐵拳頭，展開旋風式的突襲。

磅、磅、磅！

我一連擊倒了三名水警，拳頭的威力強大，凡人根本無法抵擋。就算是壯漢，中了我的巨拳，立刻就會倒地不起。

有敵人對我舉槍，但他很快全身僵硬，紫氣盤繞，中了由海明威「手指槍」射出的麻痺彈。海明威的腰帶是特製的道具，可以夾住敞開的書頁，這樣只要單手按書，就能隨時召喚。

「*For Whom the Bell Tolls*！」

在海明威掩護支援之下，我可以只攻不守，盡情揮拳。

對著定格的士兵，我毫不留情，全力揮出一拳，想不到力度之猛，竟然將對方打飛了出去——真的是飛上半空那種高度。

左邊，一個。

右邊，兩個。

我一面直衝，一面揮拳，將直線上的敵人橫掃出去，大殺四方八面。

衝鋒陷陣，無人能擋。

鐵拳無敵！

真一個爽字了得！

雖然人多就是力量，但小嘍囉再多也好，也敵不過書靈壓倒性的威力。有了「鋼鐵拳頭」的神助，我終於找到自己在戰場上的角色，進化成為攻擊力驚人的猛將。

看我的鋼鐵連環拳！

每走一步，我就解決一個敵人。

因為這是海明威的海盜船，所以我不可以大肆破壞船體，但我靈機一動，想到了很有用的一招——

只要我打爆酒桶，散開的木屑都可以刺傷四周的人，擾亂敵陣的包圍。

我盯了沃琅那邊一眼，她那種崇拜的目光令我大受鼓舞，揮拳就揮得更加用力，單是拳風已經掃跌了敵手。海明威正站在她的身邊，當下我再無後顧之憂，衝前將敵人一一打散。

現在的戰況是我方佔盡上風。船上的水警損兵折將，兩人退避，兩人滾地，有人借掩護物喘息，其餘十數人倒地不起，已經無法再參與戰鬥。

腦後傳來海明威的喊聲：

「小心！」

空中出現一隻飛馬。

正確來說，那是半隻飛馬，因為它只有前半截的軀體，斷開的腰身像粗大的砲管，後面是壺口一般的砲口。

水砲馬！

幸好我早有心理準備，受驚了半秒，一轉身就揮出一記直拳。

不料水砲馬的速度非常之快，一閃一縱，不僅躲過了我的鐵拳，還凌空繞我的身後。

剎那間，我又轉身，高舉銅環防禦。

水砲馬雙腳騰踏，力度大得令我退後兩步。雖然右臂發麻，但我總算擋住了它的攻擊，暫時沒有任何損傷。

反擊機會！

乘著水砲馬稍停的空隙，我躍到馬頭前面，連環揮拳進擊，可是都揮了空拳。這匹怪馬猶如惹人厭的蒼蠅，在我面前晃來晃去，飄移軌跡難以捉摸。我暗叫可惡，但就是打不中。

突然，水砲馬轉體一百八十度。

它用腰間的砲口對準我。

砲口發射高速水柱，將我噴上了高空！

6

強力的水柱將我噴上了高空，往碼頭的平台掉落。

好高！

幸虧我來得及應變，快要落地之際，鋼拳朝下向地面轟出，卸去了急墜的重力，安全降落在碼頭上面。

　　成書年分的差距，也就是書靈實力的差距。

　　道理歸道理，實戰始終會有變數。尤其是特殊能力系的書靈，有些能力突破常規，只要應用得宜，就有可能出奇制勝。而且有時候代價愈高，威力也隨之倍增。武器類的書靈通常具備強大的攻擊力，可是召喚者要親自上陣，因此要冒上極高的風險，一個不好就會直接喪命。

　　海明威說過，雖然《吹牛男爵》是兩百多年前的作品，但因為缺乏內涵，所以未必一如所想的強大。速度那麼快，操縱距離又那麼遠，有得必有失，這種書靈不會有太高的攻擊力和防禦力。

　　所以，對付眼前的水砲馬，我是有勝算的！

　　我猛吸一口氣。

　　那隻令人討厭的水砲飛馬又出現了。

　　它旋身背對我，壓下前腿，翹起了砲管腰。水柱急射而出，但這一次我來得及閃躲，撲向了右側。正當我以為沒事，那個砲口卻像屁股一樣擺動，澎湃的水柱朝我橫掃，令我狠狠摔倒在濕滑的地上。

　　「天呀！居然還有這一招！」

　　真不知水砲的水源從何而來，那股衝擊力可不是說笑的，如果我再承受兩至三次，就有可能暈厥過去。

我趕緊爬起來，舉起銅環保護自己。

水砲馬繞著我飛移，不停消耗我的體力。

碼頭有一堆貨物，我借此做掩護，終於來到適合突擊水砲馬的位置。

「去死！」

我跳起，空中揮拳。

水砲馬居然向後倒飛，左閃右躲。

一拳又一拳，我展開追逐戰，不讓它拉開距離。

水砲馬的操縱距離遠達一公里，書主一定藏身在暗處，要找他出來是不切實際的做法。對我們來說，唯一可行的作戰方案，就是直接摧毀這匹速度奇快的怪馬。

書靈的戰鬥將決定今天的成敗。

──我要打倒它！

現在我有點暈頭轉向，腳步也漸漸輕浮，但一想到我要保護的對象，滿腔熱血就會化為我的動力。

真可惡！

無論我如何揮拳，還是傷不到水砲馬分毫，白費了許多精力。

「*For Whom the Bell Tolls*！」

船舷那邊，海明威遠遠射來了發光的麻痺彈，卻只由

馬足下方掠過。

　　我想起在學校做過科學展覽，研究主題是「拍蒼蠅的技巧」。蒼蠅亂飛迴避，那種軌跡稱之為「萊維飛行」，像鬼魅一樣隨機遊走。眼前的怪馬使的也是同一招數，海明威要射中實在很難。

　　馬是馬，人是人，在它力氣衰竭之前，我已經上氣不接下氣。

　　水砲馬原來還有絕招，借助水壓加速，猛然噴飛衝撞，一對前腿用力踹向我。

　　這一擊衝力之大，令我連人帶環撞翻了堆疊的大木箱，痛得死去活來，還掉了左腳的鞋子。單一隻鞋難以行走，我乾脆脫掉剩下的鞋子，赤著腳奔跑，拚命逃避水砲馬的追擊。

　　向著海盜船那邊，我全力衝刺。

　　當我回頭，水砲馬不見了。

　　一晃眼間，它已繞到我的前面，阻擋我的路線。

　　我全速勇往直前。

　　果然，水砲馬不會正面迎戰，而是轉身噴射水柱。

　　銅環就是盾牌，這一次我全力站穩，硬接迎面而來的水柱。

嗶啦啦！嗶啦啦！

源源不絕的洪水噴向銅環激濺，四散的水花淹沒了我的身體，但我咬緊了牙關，死命硬挺著這一波水砲。

一秒。兩秒。三秒。

瀑布雨下，我不行了，再撐一秒就是極限。不可以輸！不可以屈服！我發出聲嘶力竭的咆吼，終於突破了極限，多撐了超過一秒。

結果我失勢了，往後橫飛。

但我成功了——應該說，我與沃琅的合作成功了。

一個船錨直墜下來，壓死了水砲馬。

「小勇！」

我看著化為星塵的馬身，也看著沃琅由空中飄落。

「妳來得及時，我沒事。」

因為水勢驟緩，就算我背脊撞牆，也沒有受到重傷。

書主拉斯伯與飛馬共享視野，當它翹身發砲之時，上方就是盲點。我們一早制定了作戰方案，要由我來爭取時間，再由沃琅給它致命一擊。

我曾住在滿是高樓的香港，親眼見過掉下來的花盆砸爆了路人的頭，因此非常清楚高空擲物的可怕威力。

沃琅透支，還未著地，已在半空中昏厥。幸好我注意

到這樣的事，立刻趕過去，攤開巨掌接住她。當沃琅軟綿綿倒在我的懷裡，她還勉強睜開眼，對我微微一笑，這才沉沉睡去。

這個莫名其妙出現的狼女，在我心中已有很特別的位置——我覺得她就是媽媽派來保護我的天使。

「妳好好睡一睡，接下來就交給我吧！」

有了保護她的決心，我的拳頭更加凌厲。

海明威說對了，命運就是如此奇妙，這本書的書靈很適合我，與我血液裡的因子有所共鳴。我覺得我還可以變強，隨著戰場帶來的磨鍊，發揮出突破極限的力量。

兩分鐘後，船上還站著的人，只剩我和海明威。

很快，我也站不穩了，累得坐在地上，沃琅仍在懷裡睡著。

「完美清場！」

我喝采一聲，向半空舉起巨大的拳頭。

經歷過戰場，就會成為真正的男人。

鋼鐵，就是這樣煉成的。

Chapter 7

胡桃夾子和鼠王

Nussknacker und Mauseköni

第七章

胡桃夾子和鼠王
Nussknacker und Mauseköni

1

浪滔滔，風陣陣，海鷗嗷嗷。

我和海明威站在船首，看著他的手足揚起全帆，前桅、主桅和後桅的橫帆順風推進。

在前桅下面，有個披頭散髮、滿臉鬍鬚的男人，他就是落難的英國國王，外號「念書念到發福」的亞倫八世。下午四時正的時候，國王真的應約在港口出現，我們便迎接他上船。

由奪回海盜船到出航，只不過花了二十分鐘，這夥海盜都是訓練有素的船員。再晚一點開船的話，恐怕巡防隊的增援就會過來，所以海明威解開副手的腳銬，立刻就叫他去掌舵。

臨行前，海明威還派出綽號「飛毛腿」的團員，衝過去

外面的漁船那邊，搬回來一個大皮箱〔**那是個長方形的老皮箱，底座是實木，一打開可變成分層的小書櫃，塞滿由秘洞取出來的寶書**〕。

海明威戴上他的海盜帽，站在船頭發號施令。

德國北面是北海，這片海域屬於公海，西臨英國，往北是北冰洋。

現在最精明的做法，當然是盡快撤出德國，直接返航英國。只要抵達港口，就可以透過加密的無線電，與英國海軍和搜救小隊聯絡。

出海後，暫時算是脫險。

甲板上，海明威拿著《鋼鐵是怎樣煉成的》，向我傳授戰鬥技巧。

「小鬼，像這樣，你試試用右手握書，四指掐住書頂，然後想像金屬拳頭包覆右拳的樣子。」

我立刻試了一試，召喚出鋼鐵拳頭。

「噢！對了，這個握法聰明多了。可以保護書身，牢牢的又不會脫手。」

「這就是實戰的意義。經歷過戰鬥，我們才會成長。大前提是你要動腦，常常思考進步的法子。」

「嗯！我會專心修煉武器類的書靈！」

　　自從見識過鋼鐵拳頭的威力，我就決定要拜海明威為師，因為我已找到最適合自己的書靈類型。

　　海明威言出必行，送出了《安娜‧卡列尼娜》和《戰爭與和平》，便沒有討回來。

　　沃琅精疲力竭，正在船長室裡熟睡。

　　剛剛海明威問她想要甚麼獎勵，她回答說要我哄她睡覺。海明威怪笑道：「兩小口哪～」就推著我倆走到下層。真是的！看著沃琅小寶寶般的睡相，我只感到面紅耳赤。

　　「我要將這兩本書物歸原主，還給托爾斯泰先生……」

　　沃琅說著夢話。

　　我去看了看沃琅，又回到了甲板，瞧見海明威招手，便走到他身邊。

　　海明威正打開大皮箱，拿出一本米黃色的古書，封面的圖案是長著翅膀的獅身人面像。

　　「這本就是 H. G. 威爾斯的《時間機器》。不騙你，威爾斯是我遇過最強的對手，跟他玩立體戰棋對賭，鬥智鬥謀，不眠不休玩了七天七夜，最後我靠一點運氣才險勝。」

　　雖然海明威不願意借書，但他答應親自施展能力。

　　「小鬼，我有言在先，一定會回報你的幫忙。坦白說，我也很好奇五環書作者之謎。」

我看著入黑的海面，嘀咕道：

「不知道妮妮那邊順不順利呢？希望她能奪回背包，否則我們還是任務失敗……」

海明威的目光突然一亮。

「從某個可信的消息來源，我聽過救世主的預言。由你口中，我知道尼莎白小姐進來這世界的日期，就和預言的日子吻合。我相信救世主傳說是真的……浮士德的姊姊是救世主，由她來打敗他，這就是宿命啊！」

呃。我承認自己守不住秘密，不小心透露了太多事。

一提到那個黑帝，海明威忽然大發感言：

「因為接受了浮士德的統治，人民的生活好像變富裕了。真的是這樣嗎？我很清楚，這一切只是假象。當假象崩潰的時候，這世界就會陷入末日。」

「可是……我聽說是他統一了德意志，結束了連年的戰亂。」

「你覺得是甚麼導致了戰爭？」

「仇恨？」

「不一定。仇恨只是導火線。但真正的原因是世界失衡，強者愈強，強大的國家會奪得強大的書靈。國家有了強大的書靈，就會去剝削其他國家，仇恨就這樣愈滾愈大，最

後就引爆了戰爭。戰爭是極矛盾的現實，你要拚命殺人，來阻止別人殺害更多的人。」

海明威不愧是海明威，隨便說說都是至理名言。

強大的古書可遇不可求，各國仍然要發展軍事科技。

由於工程師是稀缺的人才，至今未有國家造得出安全的飛機。構造元件，哪怕是一口螺絲，也可能蘊含深奧的工程技術，要製造戰鬥機更是難上更難。

因為空軍未成形，各國的戰力依然以陸軍和海軍為主。尤其是制海權，往往與貿易和軍事息息相關，對島國來說更是最重要的命脈。

海盜船上掛著這樣的標語：

「誰控制了海洋，誰就控制了世界！」

夜幕低垂，船燈亮起。

臨睡前，海明威指導我一些出拳的技巧。我萬萬沒想到，這位拿過諾貝爾文學獎的大作家，生前竟然也是拳擊手。他矯正我刺拳、直拳和勾拳的姿勢，再示範十二路基本步法。雖然只是速成班，但我只要稍為開竅，揮拳的威力就會倍增。

苦練三個小時之後，海明威稱讚我有天分，我也覺得自己進步神速，由一張白紙變成有兩把刷子。

當晚，我、海明威和國王同睡一室。

真難得！我居然有機會和國王聊天，而且還當上下鋪的室友！

這夥海盜為甚麼要救國王？

原來一切只是巧合……

他們劫持了康沃爾公爵委託的商船，見到國王的雕像，以為可以用來換贖金。哪知在公爵死後，石化能力解除，雕像就像還魂一樣變回真人，嚇呆了海明威等人。但由於德國封鎖了出海口，海盜船無法通過，海明威和國王便想出漂流瓶的方法，來向英國政府求救。

我一躺在床上，腦袋就關機了。

不知睡了多久，我醒了七分，還是賴在床上。

隔床的對話傳入我的耳中，我才知道海明威主動救人，不辭勞苦賣命，就是為了國王的特赦權……大人的世界真是現實喲！

外面一陣腳步聲，徹底驚醒了我。

有人進來向海明威通報：

「三百零三度那邊在交戰！西班牙對英國海軍！」

2

聽到戰報之後，我匆匆起床，跟著國王和海明威上去甲板。

途經軍火庫的時候，瞥見三個海盜叔叔正在整理軍備。航海鐘的時間是早上七點半，甲板上的陽光來自地平線的日出。

海明威用望遠鏡望向北面，嘴裡唸唸有詞：

「西班牙有三艘戰艦，英軍有五艘戰艦⋯⋯雙方已經排出縱陣，開始互相對轟。」

我玩過以戰艦為主題的電腦遊戲，知道戰艦的主砲分布在船頭和船尾，左右船舷均會安置三至八台副砲。作戰時，戰艦為了輸出最大的火力，最理想的角度是橫向敵艦，好處是除了前後主砲，舷側的副砲都能同時轟炸。

單行縱陣是艦隊最泛用的戰陣，一直排的戰艦側面向著敵軍，鋪天蓋海密集發砲，就能大大提高命中率，達成殲滅全敵的終極目的。

我發現甲板上多了十個人，一問之下，竟然是海盜們救上來的漂流英軍。

國王過去慰問，叫眾人免禮，但他們還是堅持行禮。

一名憔悴的女軍官報告戰況：

「日出之前，我們的軍艦到達這一帶海域，中了西班牙艦隊的埋伏……他們搶佔 T 字橫頭，攔截我軍的航線，我身處的艾瑪號排在頭位，首當其衝蒙難……」

在旁的海明威忍不住插嘴：「T 字戰術？這種高難度的戰術，西班牙竟然使得出來？」

女軍官無奈點了點頭，苦著臉說：

「幸好我方只是損失了艾瑪號，其餘戰艦繞道向北，總算逃過了一劫。整艘艾瑪號沉沒了，我們十個應該是僅存的生還者……」

國王長歎一聲，沉著臉問：

「艾瑪號本來有多少人呢？」

女軍官昂首回答：

「一百十一人。」

一陣沉默之後，海明威率先發言：

「妳有辦法聯絡上自己人嗎？我認為西班牙會採取魚雷艇戰術。我一早就發現，英國海軍的軍艦過度追求噸位，導致速度緩慢，很容易會成為魚雷艇的狙擊目標。」

女軍官和她的戰友面面相覷，由眾人無奈的表情，就知道無人帶著遠距離的通訊設備。

國王走到海明威的面前，轉彎拐角地說：

「我知道這是一艘很偉大的海盜船，配備了最先進的阿姆斯脫朗後膛砲，這艘船值得在歷史上名留千古……」

海明威聽出弦外之音，不禁皺起了眉頭。

國王繼續勸說：

「海明威先生，你和這些海上紳士，一直都有建造理想國的理念吧？這段日子和你相處，令我相信你們。如果你們這一次助戰，幫英國海軍取得勝利，我答應給你們一塊海島的封地。」

「你可以發誓？」

「君無戲言！」

海明威立刻向副手喊話：

「傳令下去——全速前進！」

我們這條海盜船是木造的，經過高科技的改裝，採用混合動力，在速度上不會輸給快艇。

轉眼間，海面出現一列軍艦，掛著英國的國旗。由南至北，船尾貼著船首，艦隊排成戰列線，隔空對敵發砲，戰況似乎已到了白熱化的階段。

隔著英國的陣線，西邊的三條敵艦平行排成直線。統一紅色的艦身，飄揚著西班牙的旗幟，最顯眼的不同是船首

凸豎的雕像。

海明威拿出擴音器，公布西班牙海軍的情報；

「注意西班牙船首的雕像！熊雕像是皇家馬德里號，龍蝦雕像是巴塞隆那號，蝙蝠雕像是華倫西亞號——」

不知是烏鴉嘴靈驗了，還是海明威料事如神，最遠的北面真的出現了魚雷艇，以小搏大，直接撞向排位第一的軍艦。我認出那是我坐過的巡洋艦，艦名叫卡斯柏號。

在撞擊之前，卡斯柏號已冒著濃濃的黑煙。撞擊後不久，底部的破口發生巨大的爆炸，船身轉著圈，往一側傾斜，最後徹底沉入海裡。

當戰艦進水沉沒，只是不到半分鐘的過程，船員根本來不及逃生。就算立刻跳船，也會被沉船產生的巨大漩渦吸入海底，既然怎樣都是死，唯有以尊嚴的姿勢來面對死亡。

五減一等於四，現在英軍只剩四條戰艦。

優勢暫時向西班牙那邊傾斜。

我們正航向英軍戰列線的尾端，愈來愈接近的時候，也看清楚了這場海戰的慘況。

砲台接連噴出鮮紅的火舌，隨著一聲聲狂怒的咆哮，轟炸的砲彈如暴雨一般的穿刺在天空。

砰轟轟轟轟！

砲聲隆隆，烈焰滔滔。

敵我各有一艘戰艦沉沒。

一個個人魂在海葬之後溺斃，密密麻麻的光點升出海面，化為魂牽天際的奇觀。

我鼻酸得說不出話。

進入一個無情殺戮的世界，所有人命只是冷冷的數字。

這就是戰場。

四減一等於三，英軍只剩三條戰艦。

而西班牙只剩兩條戰艦。

風起了。

猛烈的西風，由西向東吹來。

這時候，西班牙的巴塞隆那號放出魚雷艇，明顯是借助順風的推力，航向英軍排在縱陣尾端的戰艦。開船不是開車，由於沒法倒後駛，所以最後方的艦隻特別容易受襲。

「來了！我們停航！」

海明威一聲令下，收帆之後，海盜船徐徐停下。

說時遲那時快，那艘魚雷艇已來到了英軍的附近。依我所見，眼下最大的難題是射擊角度受阻，因為我們與魚雷艇之間有英軍的戰艦。但海明威決定停在這個位置，他就是有他的用意。

　　甲板上有傳聲筒的設備，海明威對著銅管的喇叭說話，聲音就會傳給下層的發砲手。

　　「轉高射砲！調整角度，鎖定，隨時可以發砲！」

　　這一切都在海明威的計算之中。

　　只見砲彈朝高空射出，越過英軍戰艦的上方，隔空往魚雷艇墜落。

　　轟！轟！轟！轟！轟！

　　連射五砲之後，終於命中了魚雷艇，一擊即爆，炸開了吞天的浪花。全靠海明威果斷的指揮，幫英軍化解了最大的危機。

　　海盜船上歡聲雷動，我也不禁大叫一聲：

　　「好耶！」

　　擊沉西班牙的魚雷艇之後，英軍在戰艦數量上維持以三敵二，如無意外會有很高的勝算，拿下這一場海戰。

　　「不好了！首領，快看東北方那邊！」

　　站在桅台上的手足忽然大喊。

　　這個人的嗓門超大，甲板上人人都聽見了，紛紛望向他所說的方位。

　　本來平靜的海面，冒出了一條迷彩黑色的戰艦。

　　我的目光回到這邊，瞧見海明威面色大變。

海明威隨即向大夥兒疾呼：

「那是德軍最強的戰列艦——鋼彈・古騰堡號！」

3

德軍的古騰堡號突入戰場，乘風破浪而來。

海明威放下望遠鏡，向大夥兒宣告：

「古騰堡號突襲的方向，正是英軍的弱側。一旦到了開火的位置，英國艦隊就會全軍覆沒！」

我這個門外漢也看得出來，三條英國戰艦夾在中間，腹背受敵，處境岌岌可危。

海明威又說到，先前沉沒的英國軍艦，艦種是最具機動性的巡洋艦。換句話說，英軍只剩火力強大的戰列艦，正在與西班牙艦隊互轟，難以高速變陣，也來不及逃脫。

我們的海盜船正向著東北方，在整個戰場的空間，處於最接近古騰堡號的位置。

副手走了過來，向海明威請求指示：

「首領，我們到底要逃離戰場，還是繞到英軍後面避風頭？」

這兩個選擇都是避戰的意思，我細心一想，便知道他

是在期待海明威發出撤退的指令。

　　一眾手足紛紛望過來，盯著海明威的嘴巴。

　　這個首領就是不按章理出牌。

　　「現在只有我們能阻止德軍，哪怕只是拖延一下，也可以拯救很多人……這個關頭，只好賭一把了！我決定要登船作戰！」

　　海明威振臂高呼，大吼道：

　　「向著古騰堡號，全速前進！」

　　這是多麼瘋狂的決定！

　　但因為他的個人魅力，大夥兒都相信他的決定，立刻返回崗位，開始執行如同以卵擊石的計畫。

　　遠遠也看得見，那艘古騰堡號上面滿是砲台，船首的主砲大得好像小堡壘。根據海明威的計算，我們繼續往東北航行的話，就會與古騰堡號在航道上相交。而戰艦為了發揮最強火力，一定會轉向九十度，橫向面對英軍。

　　「收半帆，減速！」

　　稍為減速後，海明威使用船首的測距儀，專心注視前方海面的動靜。

　　結果古騰堡號真的轉彎了！

　　「就是現在！追尾同航！向對方的船尾突襲──」

海明威發出舵令之後，就過來船頭這邊，把臂搭上我的胳膊。他一早安排我在最前端站崗，我已經召喚出巨大的鋼鐵拳頭。

「小鬼，我相信你。你也要對自己有信心。我這次的奇計能否成功，大家是生是死，一切就看你了！」

這麼大的重擔，他直接丟到我的身上。

真的可以嗎？彼此認識不夠兩天，只不過曾經並肩作戰，他就再將全部人的性命交託給我？

以前的我一定覺得很荒謬。

如今的我充滿勇氣，決意承擔重任。

「沒辦法！誰叫我天生就是當主角的命！」

海明威聞言，向我豎起了大拇指。

德軍的古騰堡號正在繞航，一轉側就會朝英軍開火。我們的海盜船同樣往北驅進，以垂直九十度的角度，直追古騰堡號的船尾。隨著距離愈來愈近，我們已進入船尾主砲的射程。

化學是很艱深的學科，製造軍事用的砲彈需要很高的技術。只論軍火技術的話，地下世界至少比地表世界落後兩百年。甚麼穿甲彈，甚麼高爆彈等等，暫時都只是空想的武器。

海明威說過，古騰堡號的主砲口徑很大，大約有十五英寸，出來的砲彈很大顆。

因此我可以打得中。

轟隆！主砲發砲！

果然是瞄準我們這邊。

砲彈墜落海面，噴起巨大的水柱。

我知道這是階段式射擊法，要命中海上移動的目標很難，發砲手的第一砲通常是測定距離。到了第二砲，有了修正後的參數，砲彈落在更加接近我方的位置，誤差只是五米左右。

第三砲來了，極有可能命中。

我挺身站在船頭。

鋼鐵拳頭早已蓄勢待發。

心強，拳頭則強。

面對迎面而來的冒火砲彈，我旋動上身，傾盡全身之力，咬著牙揮出了鋼鐵拳頭。

轟！

敵軍的發砲手瞄得很準，因此我很容易擊中了中心點。雖然後座力大得令我往後彈開，但我也將砲彈打飛出去，墜落在附近的海面。

我真的成功了！

單拳擋開了德國主砲的砲擊！

忽來一陣順風，海盜船加速，轉眼之間，船身開始緊咬古騰堡號的「屁股」，調整速度尾隨共航。這位置是主砲的射擊角度之外，我們暫時可以喘一口氣，有空檔執行下一步的行動。

「幹得好！快上來吧！現在讓你看看海盜的本領！」

只見海明威站在前桅頂端的平台，向對面的甲板射出蜘蛛夾鉤，鉤尾帶著鋼索，緊緊扣住了古騰堡號的船尾。

哦！這不就是高空飛索嗎？

果然，海明威抓住滑輪手柄，這頭高，那頭低，「嗦」的一下滑到了對面。

事不宜遲，我匆匆爬上前桅，用巨拳套住鋼索，依樣畫葫蘆，飛也似的滑到了敵艦的甲板上面。

海明威指著主砲大喊：「打砲管！打砲管！」

我一聽就懂了，只要打彎砲管，整座砲台就是廢了。

經過實戰的磨鍊，我覺得自己真的變強了，出拳更加得心應手。我沒有片刻猶豫，以最短的距離左穿右插，只需平均五秒，就可以毀掉一座砲台。

海明威就像個老頑童，大跳大叫：「好玩！就讓我們大

鬧一場！德國佬就是自大，小看了海盜的劫船戰法！」

　　古騰堡號具備前後主砲，左右舷側各有六台副砲，中層放置高射砲。

　　由船尾開始，我和海明威一路殺進，他一槍，我一拳，幹掉出來送死的敵人。他不愧是海盜的頭目，看準海員不擅長近身肉搏，才敢採取登船突襲這樣的奇招。

　　短短三分鐘之內，我倆已毀了大半的砲台，最後的目標是船首的主砲。

　　軍艦一般都是左右舷雙通道，等同一條大環路，副砲台如同一個個小水缸，壞處是遮擋視線，好處是可作掩護。在這裡戰鬥，穿插其中，就像在打一場陣地戰，對我方來說反而有利。

　　對付一般士兵，我的巨拳就是無敵！

　　大風大浪，一陣激盪過後，砲台後冒出高大的盔甲戰士。他舉起沉重的大斧頭，當頭對著我的頭頂劈下來。

　　噹！

　　要不是我用銅環護頭，剛剛那砍擊已將我分開兩半。

　　對方長著一張鼠臉──這不是比喻，而是真的老鼠，盔甲之間露出毛茸茸的軀體，背後伸出灰色的長尾巴。

　　這不是人，而是書靈！

雖然這傢伙高大得像門框，我仗著鋼鐵拳頭的神力，成功迫使它撤步後退。當它橫砍過來，我就打出反方向的勾拳，連連化解攻勢。鋼鐵即是鋼鐵，再鋒利的斧頭，也硬不過我的巨拳。

海明威從我的後方出現，一見來敵，立刻大喊：

「哇！這是甚麼怪物！鼠頭、戴王冠、德國作品……我知道了！這一定是《胡桃夾子》的鼠王！小鬼，蹲下，我要發射了！」

當我低頭急蹲，背後已傳來「砰」的叫聲，一團紫光飛來，鼠王頓時全身僵硬，揮斧的動作在半空凝止。

停頓時間是五秒。

有這五秒的時間，我至少可以打出十拳！

第一拳！

就在我轟拳打向鼠王裸露的肚子，上方的鼠嘴竟噴出綠色的嘔吐物，噴濺到滿地都是綠泡沫。

恰好有銅環遮擋，我才沒有沾到這麼噁心的液體，但回頭一看，海明威的半張臉都是綠液。

海明威屈膝蹲了下來，撫著胸說：

「我……中毒了。」

4

我立刻會意過來：

「地上那堆綠色嘔吐物有毒！」

收回拳頭的瞬間，手部的疼痛感強烈無比，我才驚覺剛剛擊中的肚子，不知何時已變成了六塊鉛板似的腹肌。

難怪這麼硬！

鼠王的臉也變了，變成一張鐵臉。

剛剛那一記猛拳不痛不癢似的。

五秒後，鼠王恢復活動能力，隨即揮斧劈過來。我迎難而上，又是近距離的肉搏戰。巨拳與斧刃相碰的瞬間，咯咯咯迸出了火花星子。

鋼鐵拳頭的缺點是招式太單調，我只有一個右拳頭，對方很容易就會看穿套路，一一擋下我的攻勢。

時間拖得愈久，對我愈是不利。

當下我使出一招突飛猛撲，隔著銅環推進，傾盡全力撞向鼠王。

打不過，就要逃！

撞開了鼠王之後，我一轉身就跑，像挖土車的怪手一樣抓起海明威，帶著他逃往船頭的方向。

戰艦船頭的甲板比較寬敞，少了很多障礙物，我只希望海盜船會開過來，賭一賭跳船撤退的可能性……結果我失望了，海盜船追不上戰艦的速度，還未來到船頭這邊。

海明威面青唇白，一副快要斷氣的樣子。他目光呆滯，呼吸微弱，對著我慢聲細語：「臉……注意臉……變鐵臉，防禦力就會……升……」

果然如此！這一點我也看得出來，只不過由海明威說出來，就肯定了這一番想法。一說完話，他牙關顫抖，接著雙眼泛白，陷入休克的狀態。

我大汗淋漓，急得不知該怎麼辦，回頭就看見追殺上來的鼠王。

木甲板的末端是船頭，船頭外面是汪洋大海，對我們來說已經無路可逃。腦後的腳步聲愈來愈近，我先在圍板旁放下海明威，旋即回身衝向鼠王，五步後起跳，銅環疊胸，硬接了斧頭的砍擊。

「吱吱！吱吱！」

鼠王一邊狂砍，一邊發出尖銳的叫聲。

如此看來，鼠王只有在全力防守的時候，才能開啟防禦模式。鼠王一旦換上鐵臉，就是轉攻為守，這時候就算我出盡全力揍它，也無法造成任何有效的傷害。

　　唯有趁著鼠王攻擊之時反擊，才能對它造成重創。

　　問題是鼠王比我高出三個頭以上，要擋住它的猛攻，我已經吃不消，根本沒機會反擊。鐵拳與銅環融為一體，即是說在防禦的同時，我就不能隨便出拳。

　　擋劈，後退，擋砍，再後退。

　　當我再伸出右臂抵擋，鼠王竟然沒有出招，一個箭步下沉，扛起我的銅環。然後我不知發生甚麼事，人就飛出去了，整個人重重摔倒在木地板上面。

　　痛死了！我的肩膀痛到舉不起來……糟糕！書呢？

　　在我倒地的瞬間，握書的手腕鬆開了，現在鋼鐵拳頭已化為了泡影。《鋼鐵是怎樣煉成的》丟了在另一邊，與我有五步之遙。

　　蹬蹬、蹬蹬！

　　鼠王就像屠夫一樣，高舉斧頭朝我突進。

　　死定了！

　　別說是唸出書名召喚，我就連撿書也來不及了！

　　「小勇！」

　　空中傳來沃琅的叫聲。

　　我一望向沃琅，瞬即飄上空中，避開了致命的劈擊……鼠王那一劈在地板上開了個洞，它認真的要取我的性命。

正當我在空中划手張腿，眼前飄來了《鋼鐵是怎樣煉成的》，徐徐繞著我浮浮沉沉。我伸手抓住書，又再召喚出鋼鐵拳頭。

下方，鼠王仰望著我和沃琅，眼神極為兇悍。

我向正在飄來的沃琅說話：

「怎麼辦好呢？這是《胡桃夾子》的書靈，我打不過它，現在又不可以丟下海明威逃走……」

沃琅想了一想，給我神回覆：

「我看過《胡桃夾子》的芭蕾舞劇。鼠王有七個頭，最怕就是被砍頭。」

對了！

假如這是忠於原著的書靈，她說的正是鼠王的弱點。

單靠一隻拳頭不行的話，我就應該找武器。

可是，我俯覽下方，甲板上只有機械設施，怎麼看都不像有適用的利器。

有了！

我突然眼前一亮，向沃琅吩咐：「放我下去！」

這位置的下方就是鼠王的頭頂。

沃琅與我相互凝視，點頭一笑，不知是領會了我的意思，還是對我充滿了信心。

來吧！當沃琅解除飄空的能力，我一邊急降直下，一邊朝鼠王大喊：「瞧我的──百萬噸爆頭重拳！」

鼠王一瞧見我要揮拳，立刻吸了一大口氣，整張臉變換成鐵臉，切換成全身硬化的防守狀態。這樣揍下去的話，不只會令我的拳頭受傷，還會令它吐出帶毒的綠泡。

我只是虛張聲勢，並沒有揮拳打向鼠王。

收拳，著地，蹲下儲勁，我才真的揮拳，直接擊中鼠王握斧的右手，將那柄大斧打飛了出去。

如我所料，解除硬化需要時間，我搶先用巨拳抓起地上的大斧──這麼重的大斧，常人根本舉不起來，但對我來說只是小兒科。借助巨拳的力量和伸延的長度，我一個風車轉身就砍下鼠王的頭。

了斷！

當鼠王化為塵埃之時，有個男人隨之亮相。

此人有鷹鈎鼻和內勾髯，手裡拿著一本書。

難怪看不見召喚者，居然是藏身在鼠王的體內！我一氣之下，馬上揍出鐵拳，將他打到二樓的高度，肯定這傢伙會昏死和骨折。

「我贏了！」

我向沃琅舉起了巨拳，她正輕飄飄的降落地面。

斧頭也屬於書靈的力量，鼠王一死，這件武器也隨之消失。我走到海明威身邊，他還是神志不清的狀況，看來中毒的效果沒有解除。

不經不覺，古騰堡號已來到英軍主艦的附近。

我上前打彎主砲的砲管。

因為我在軍艦上搞破壞，現在古騰堡號的砲台大都報廢了，一開火就會自爆。接下來只要我夠狠，由甲板開始往內部轟拳，應該很快可以擊沉這艘「德軍最強的戰列艦」。

「小勇，那是甚麼東西？」

沃琅指著南方的海面，有個奇怪的人形物體正在衝浪，前來我們這邊的戰場。

它的速度異常快，比任何快艇都要快，輪廓隨著接近而變得清晰——那是書靈，持著巨劍的全裝甲女騎士！

5

一波未停，一波又起。

只見裝甲女騎士壓浪一翻，帶板躍上高空，成功登上了英軍的戰艦。我認得那是上校所在的主艦，名叫格列佛號。

太突然了！

　　誰會想到敵人用衝浪的方式登船？

　　我怔怔看著那邊的戰況，原來女騎士揹著一個男人。

　　那男人鬆開手，由裝甲女騎士的背上跳下來。雖然看不清楚他的面貌，但他給我的感覺就是一個大人物。

　　女騎士用劍尖挑起那塊衝浪板，變為一面盾牌……或者應該倒過來說，它是把盾牌當成了衝浪板。

　　英軍措手不及，只能倉促派人上陣，結果當然擋不住女騎士的大劍。史蒂文森上校也出來應戰，召喚出《沉船者》的維京斧俠，只交手三個回合，就被劈開了兩半。

　　我心中一凜──不是上校太弱，而是對手好強！

　　女騎士忽然停手，而那男人走近船舷，望向我這邊。只見他左手拿著書，右手拿著對講機。

　　不久，古騰堡號發出我聽得懂的廣播：

　　「在下華格納，乃帝國的海軍總督。那個拳頭巨大的少年，你真的有點本事喔！現在，我奉勸你停手，莫要在古騰堡號上搞破壞，否則我也會趁機殺光我這邊的英軍。」

　　對方竟然跟我談判。

　　隔了一會，古騰堡號又發出廣播：

　　「我的書靈是音波女武神，出自《尼伯龍根的指環》。少年，現在我約你單挑，你敢不敢過來應戰呢？」

如果不答應的話，就要同歸於盡嗎？我不喜歡殺戮，只想將人命傷亡減到最低的程度。

別無選擇之下，我只好點頭。

海盜船駛近古騰堡號的船首，過來接應我們。

我隨即和沃琅合力，各擢住海明威的一條胳膊。只要用這方法分擔重量，我倆便可以將他帶上空中，飄過海面，順利回到了海盜船上面。

西班牙與英軍暫時停火，等我登上英國的戰艦，才發覺自己成了群眾矚目的焦點。

書靈是最重要的軍事力量，換而言之，我和華格納這一場單挑，將會影響戰爭局勢的走向。

史蒂文森上校親來迎接，在我耳邊低聲道：

「盡量拖延時間。」

上校沒有時間解釋清楚，拍了拍我的肩膀，朝天做了個手勢，替我喝采打氣之聲便由四方八面而來。

誰想到我會有這樣的一日，與敵軍的大將單挑？

那個茶色頭的男人正是華格納，他不算高也不算矮，一副嚴肅的面孔。站在他前面的十尺高女騎士，左手持盾，右手持劍，便是音波女武神。

戰艦上的甲板已清空，只剩我、華格納和女武神。

近距離對峙，我才感受到女武神的逼力，這畫靈像個小巨人，比我高出一大截。

華格納嘴唇上翹，華麗的軍裝凜凜生威，漆皮靴子亮得反光。

「少年，你真的好有種啊！居然敢接受單挑。你名不見經傳，竟然打敗了我麾下的兩名將士……我現在就要教訓你，替拉斯伯和霍夫曼出氣！」

對著華格納的威嚇，我反過來挑釁，高聲道：

「教訓我？你有見過這麼大的拳頭嗎？」

「臭小子，你找死！」

「人生自古誰無死，下個就會輪到你。」

這一場口水仗，我氣得華格納吹鬍子瞪眼。

不是生，就是死，這場決鬥不需要裁判。

DUEL！

一開戰，我繞著女武神轉圈，先試探對方的虛實。女武神的大劍是銀光閃閃的雙刃劍，看起來沒有很鋒利，卻有巨無霸一樣的氣勢。

左腳在前，右腳在後，我擺出拳擊手的基本站姿，拳心向內舉起鐵拳。女武神主動走過來，當我打出刺拳的時候，它才不慌不忙舉起盾牌。

　　步法是小個子以下犯上的武器，我保持連貫的節奏，一面蹬地向右旋轉，一面用刺拳干擾對手。可是，女武神有盾牌護體，全身上下毫無破綻，我的拳頭只能落在堅硬的盾牌之上。

　　磅！磅！

　　每一拳都是浪費氣力。

　　這場單挑根本對我不利！

　　華格納引我單挑，只要除去我這個最大的阻礙，他就可以大開殺戒。他只顧忌我偷襲，要是正面對抗的話，女武神完全無懼我的鋼鐵拳頭。

　　要破局，只有一個方法——

　　只有打爆女武神的盾牌，我才有一絲勝算。

　　當下我全力衝前，冒險做出大動作，朝盾牌揮出傾盡全力的一拳。磅的一聲響徹雲霄，女武神卻不動如山，亦看準我露出的空隙，利用盾牌反擊，一下將我拍飛出去。

　　我靠銅環擋住了這一擊，但猛力震盪之下，彷彿令我受到了內傷，耳朵嗡嗡作響。

　　華格納舉起手中的書，得意揚揚地說：

　　「哈！盾牌除了防禦，也可以用來攻擊！也不怕告訴你，我的女武神將盾牌用到出神入化，練出格擋、架檔、卸

檔、切擊、拍砸、震擊和崩擊，合共七種用法。」

「呸！」

我吐了吐口水，又再施展步法。

女武神開始主動進攻，一時用劍，一時用盾，一連串攻勢迫得我喘不過氣。我不是舉環擋招，就是左閃右躲，苦思取勝的方法。

與《胡桃夾子》的鼠王不同，華格納的女武神攻守兼備，同時使用大劍和盾牌。這樣的能力比較平衡，完全克制鋼鐵拳頭，因此令我感到相當棘手。

交手十個回合之後，我急於搶攻，一不小心，被大劍割破了左肩，頓時血流如注。

華格納正站在女武神的後方，我遠遠瞪著他，喝道：

「喂！這樣不公平耶！我輸了會死，但你輸了，死的只是書靈……」

「那你想怎樣？」

「如果我打敗了女武神，請你站著給我揍一拳。」

華格納大笑一聲，傲然道：

「狂妄的小子！這是不可能的。剛剛跟你過招，我已看清楚你攻擊力的極限，你那個拳頭絕對無法破防。」

他說的沒錯。

　　無論我如何揮拳，女武神全都一一擋下，別說是半點損傷，就連迫退它半步都做不到。我終於明白，這就是書靈在實力上的差距，就算我再拚命也彌補不了這樣的差距。

　　手好痠。

　　腳好累。

　　全身骨頭痛死了。

　　我還是咬緊牙關不斷揮拳。

　　因為我一旦輸了，女武神就能肆意屠殺英軍，帶來全軍覆沒的最壞結局。

　　但我真的到了極限，揮出了一記空拳，不慎露出極大的破綻。

　　「笨小鬼，去死吧！」

　　華格納怒喊一聲，女武神就用大劍向我突刺。生死繫於一線的瞬間，我豁盡餘力舉起臂環，成功擋住了劍鋒，不過受到了震飛的衝擊。

　　這一擊衝擊力之大，令我直飛向船頭的圍板。

　　砰！背脊超痛！

　　要是沒有圍板的話，我剛剛就墮海了。我背靠船尾的甲板坐下，吃痛得站不起來，真想就這樣躺平算了。

　　就在此時，左邊的視野出現銀色的長髮，原來是沃琅

來了。沃琅一副關心我的模樣，焦急道：

「你的額頭流了好多血！」

噢！難怪我的視野有點模糊，還以為是汗水，想不到
是血。

「我不行了！這書靈太強了，不是我可以對付的水
平⋯⋯絕對勝不了的。不曉得他會不會讓我投降呢？」

我很想在沃琅面前逞強，維持帥氣的形象，但這一次
實在到了極限，不由得垂頭歎氣。

沃琅沒説甚麼，只是跪坐在我旁邊，用溫暖的雙手包
覆住我的左手，一股暖流霎時透過手心傳送。

「一本書對付不了的書靈，就用兩本書應付好了。獨
自一個對付不了的敵人，就由我們合力打敗他吧！」

這是多麼溫柔的話語！

説時遲那時快，沃琅一手握住我的掌心，一手舉書，
開始唸咒：「*Анна Каренина*！」

她單手打開的書是《安娜・卡列尼娜》。

眼前出現不可思議的光芒，包住我右手的鋼鐵拳頭迸
射出閃閃的銀光，鍍上黑色的鋼面，轉眼間就變為一個銀色
的巨拳！

Chapter 8

尼伯龍根的指環

Der Ring des Nibelungen

尼伯龍根的指環
Der Ring des Nibelungen

1

沃琅唸咒之後，鋼鐵拳頭就變成了白銀拳頭！

颼！

當我揮拳的一瞬間，清楚聽得見電磁波的聲音。

根據金銀銅鐵的規律，銀拳一定比鐵拳厲害，這樣一來就有可能攻破女武神的防禦。

我內心驚喜無比，與沃琅四目交投。她笑容迷人，喜滋滋道：「真的是這樣！這本書可以增強攻擊力呢！」

難怪如此！因為海明威的武器殺傷力是零，零乘以甚麼都是零，所以他和沃琅怎麼試都試不出來。兩人曾試用在物理系書靈身上，結果沒有奏效，因此我可以大膽的猜測，《安娜‧卡列尼娜》的能力只對武器類書靈有效。

「妳是怎麼想出來的？」

「你媽媽說過，書與人之間會互相吸引。我一心只想幫你，試一試，果然就成功了。」

和沃琅聊天的時候，我一直警惕著前方，女武神和華格納就站在不遠處，但沒有即時發動攻勢。

廢話少說，我抖擻精神，衝近女武神。

這次女武神變招，用盾牌使出切擊，我往內打出左勾拳，直接來個硬撼。

砰！

我的拳頭將盾牌震開！

眼見機不可失，我轟出快拳，第一次打中女武神的腹部，迫得它往後退了三步。可惜這一拳出手太快，力度不夠，無法造成嚴重的傷害。

不打緊！

電磁波繞著銀拳四溢，我再接再厲，向女武神展開猛攻，一拳接一拳，三步併成兩步，終於輪到對手苦苦招架。

我將女武神逼到了圍板，再無後退的空間。

這位置就像擂台上的繩角。

女武神平舉盾牌，採取格擋的守勢。

深呼吸，儲勁發力。

全力直拳！

電磁波嗞嗞嗞擴散！

這一拳轟過去，女武神的盾牌出現了裂縫。

「嘗嘗我的白銀拳頭！」

趁著女武神還未回氣，我傾盡全力，搶前往死裡打，砰砰砰連續轟出三拳。盾牌上的裂縫愈來愈大，到了第三拳擊中的一刻，整面盾牌終於碎開！

華格納惱羞成怒，大叫道：

「臭小子，你太狂妄了！」

我對他做了個鬼臉，囂張地打嘴砲：

「臭臉叔叔，你的臉看起來很欠揍！等我KO了女武神，就會過來揍你！」

現在女武神沒了盾牌，只能持劍正面交鋒，而它也改用雙手握劍，大開大合揮舞大劍。

進化成銀拳之後，拳頭的硬度也會大幅加強，因此我用來擋招拆招，簡直毫無難度可言，以剛克剛，輕易化解了對手的斬擊。

可是，我有股異常的感覺。

每次接招，耳朵都會聽見一陣長鳴，初時以為是風聲的噪音，但愈聽愈覺不像。

瞥向女武神那柄大劍，劍身竟然泛漾著虹光，一秒一

下的閃爍。

這是甚麼一回事？

拳來劍往，交手十回之後，我漸漸感到力不從心，出拳的速度愈來愈慢。

真奇怪！我明明體力充沛，為甚麼會這樣的？

「降龍滅速波！」

華格納大聲叱喝，女武神朝我直刺一劍。我伸出銅環擋劍，金屬碰撞的瞬間，耳內又出現嗡嗡的怪聲。

我恍然大悟，嘀咕道：

「這⋯⋯這是特殊技能？」

我太大意了！竟然到現在才發現。

「嘿。既然你中招了，我也不妨披露，女武神這招降龍滅速波，只要劍尖一碰到對手，對手就會減速一個巴仙！」

華格納一說完，立刻仰首大笑。

想不到這大叔深藏不露。

接下來的攻防戰，我只能防禦，毫無還擊之力。

都怪我忘了提防書靈的獨門技能，現在的形勢非常不妙。白銀拳頭的破壞力再強也好，打不中女武神也是沒用。

這一次我很清楚——

自己必敗無疑。

　　女武神看準我步履緩慢，垂直跳了起來，如扛鋤頭一樣，由上往下直砍，猛勁全都砍在銀拳與銅環之間的關節。

　　我受不住沉重的衝擊，整個人往前趴跌，雙膝跪在木地板上。

　　瞥向旁邊，烈日照影，女武神高舉大劍，擺出劊子手行刑的姿勢，劍鋒的落點正是我的脖子。

　　不行了！我慢得躲不了。

　　必死無疑。

　　在這節骨眼上，我閉起了雙眼。

　　一秒兩秒三秒，我的腦袋好像還未斷開，不過脖子上有股灼熱的感覺。我不禁張開眼，竟然看見頭上騰焰飛芒的火狐。

　　妮妮來了！

　　她正站在船首的另一側，施施然走過來。剛剛全靠她用火狐遠攻，才迫使女武神不得不躲，在那個生死關頭救了我一命。

　　「幹得不錯！接下來交給我就可以了。」

　　妮妮出來收拾殘局。

　　華格納不滿妮妮插手，氣沖沖指罵道：

　　「喂！我在和這小子單挑，妳這樣出來攪和，到底合

不合乎規矩？」

　　沒想到妮妮展露惡女本色，不屑地瞪住華格納，嘴巴
不饒人，反駁道：「他是我的奴隸。根據國際奴隸法，你必
須問准我的同意，才能跟他決鬥。」

　　華格納登時一怔，望向我這邊，難以置信地問：

　　「你是她的奴隸？」

　　我立即點頭，回答道：

　　「我……我被騙簽過一些文件……」

　　這是實情，當初妮妮為了帶我入宮，強迫我接受奴隸
的身分，沒想到現在成了救命的理由……唔，我相信妮妮立
意善良，並不是要佔我便宜，她由始至終都很為我著想……
奴役我，也只是希望我成長吧？

　　華格納大罵道：

　　「竟有這樣的事！豈有此理！」

　　與此同時，女武神回到他的身邊，貼身保護這位海軍
總督。

　　妮妮也召回火狐，叫戰道：「所以，現在就由我這個主
人代替出戰，跟你來一場單挑！」

　　誰叫華格納自視過高？

　　他深陷敵陣，現在不答應也不行了。

莎翁四大悲劇之中，火狐以極速稱霸。

妮妮操縱的火狐，彷彿比超音速更快，一剎那就飛到了女武神的面前。

只見虹光閃爍，無論女武神如何揮劍，還是無法砍中快得像鬼一樣的火狐。華格納倉皇走避，緊貼著女武神的背後輪轉，就是慎防會被直接擊殺。

火狐繞著女武神疾飛，快得舞出一個大火圈。

女武神原地自轉，使出「風車斬」。

華格納的盤算顯而易見，只要旋轉三百六十度揮劍，不管火狐由哪個方位攻來，女武神的劍都會率先砍截。

可是，他忘了，風扇的弱點是中心點。

倏忽間，火狐鑽進了甲板，鑿開了一個大洞。就在華格納恍神之際，火狐已由他腳下的地板破木而出，追風逐電直上半空，捲起灼灼騰騰的滔天紅焰。

「嗚啊——」

華格納和女武神浴火焚燒，發出淒厲的叫聲，隨即如同灰燼般消散在海風之中。

只出一招，妮妮就解決了華格納。

快得令人驚歎！

2

真氣人！

令我吃盡苦頭的強敵，妮妮竟然一下子就解決了。華格納明明已是一等一的高手，但在妮妮這樣的絕世高手面前，他只不過是狐假虎威的小狐狸。現在我初入書靈戰鬥之門，才曉得妮妮是多麼的強大。

沃琅也鬆了一口氣，坐下來休息。

像鋼鐵拳頭這種書靈，召喚只需要消耗一次精神力，就會一直出現，直到書主解除能力才消失。我仍保持銀拳的狀態，徐徐站了起來，向著妮妮，笑嘻嘻道：「妳有見過這麼大的拳頭嗎？」

妮妮笑了一笑。

「《鋼鐵是怎樣煉成的》……我就跟你説過嘛，你肯讀書，就會變強。這一次你又再成了大英雄，拯救了大家的性命。」

她稱讚我？她稱讚我？她竟然稱讚我？

我頓時心花怒發起來，但轉念又想，因為她這樣的讚美而高興，豈不是説我的奴性很重嗎？偏偏我不爭氣，為了誇耀功勞，以興奮的語氣報告，説出找到海明威的事。

「巴斯呢？妳跟他有追上蘭斯洛嗎？」

當我這麼問的時候，妮妮直接指向兩軍之間的海面。

我走近左舷去看，驚見海上正在上演追逐戰。

鐵面王子蘭斯洛乘著快艇，殺龍巴斯也乘著快艇，一前一後繞著戰艦疾馳。那是競賽用的快艇，體積小，航速快，適合漂移急轉，簡直就是在水面上行駛的摩托車。

妮妮嗔道：「蘭斯洛這混蛋好會逃！我們追了他兩天兩夜，才追到這麼近的距離。這些西班牙戰艦停在這裡，果然就是為了接應他。不過，到了海上，他就無路可逃了！」

我看見火狐在張牙舞爪，蓄勢待發的樣子。

大局已定，只要奪回「黃‧五環書」，我們的任務便即大功告成。

只見蘭斯洛駛向皇家馬德里號，接住由舷側射下來的吊索。他刻不容緩，施展「上天梯」的身手，在船身上一踏，便躍上丈許，巧妙借用吊索上拉的力量，凌空踏步上船。

巴斯直接駕艇撞向船身，召喚出高大的皇家衛士。皇家衛士現身之際，伸臂的高度恰好攀住舷側，於是腳踝掛住巴斯，做出引體上升的動作，來一併帶他上船。

這一刻，甲板上，巴斯站在皇家衛士後面，面對蘭斯洛舉起的超級巨弩。超級巨弩已儲滿綠色狂閃的炮矢，鑽頭

似的矢尖正向著皇家衛士。

箭在弩上，不得不發。

發射！

一陣綠光抹過巨大的軀體，結果皇家衛士防下了這一擊，表面看來沒有多大的損傷。

英軍這邊一陣歡呼。

蘭斯洛竟然點頭讚許，向巴斯道：

「你進步了。」

巴斯似笑非笑地說：

「謝謝你的讚美。」

蘭斯洛戴著鐵面具，沒有顯露表情，但他的動作透露出超卓的自信，還有餘暇撥弄一下飄逸的長髮。

「可惜你還不是我的對手。」

遠遠只見蘭斯洛放下大背包——那是我的大背包——似乎要取書的樣子。就在此時，戰艦響起了刺耳的警報聲。

不只是我們這邊，就連西班牙那邊也拉響了警報，此起彼落沒完沒了，高分貝的噪音響徹整片汪洋。

這明顯是不祥之兆，預告怪獸級的大事件。

嗶、嗶——

看看天空，有異常的物體飛快接近。

那是大鷹？

是會飛的書靈？

不久，我們都看清楚了——

那是——

但丁！

地下世界的天空是赤紅色的，流溢著岩漿似的異彩。

帶著黑色巨翅的但丁出現，整片天空驟變，彷彿變成血染的天空，染紅的白雲都像一朵朵火燒雲。

帝國的大將軍降臨戰場，西班牙和英國海軍深知不妙，雙方維持停戰。場面變得異常寂靜，人人都仰望遠方那個紅衣的身影，還有那對愈看愈巨大的黑色翅膀。

由遠而至，只不過是三分鐘之內的事。

事出太過突然，艦隊來不及啟航變陣，更不用說撤出戰場。再說航速一定快不過飛行的速度，一動不如一靜，於是指揮官都靜靜等待但丁飛來。

但丁懸空拍翼，停在兩軍艦隊之間。

右方只剩三條戰艦，左方只剩兩條戰艦，勉強還算得上是艦隊，所以大家都覺得但丁不會亂來。

大家的想法都錯了。

但丁一開口就宣戰：「我不是來和你們談判的，我是來

殲滅你們！」

　　此話一出，人人都是一怔，然後由驚轉怒，向著半空的但丁大喝倒采。

　　五艘戰列艦的主砲，全都向著但丁。

　　我站在格列佛號的甲板，瞧不清楚但丁的表情，但我聽得清楚他那聲令人發寒的冷笑。

　　「表演開始！」

　　但丁彷彿是交響樂團的指揮家，雙手做出抑揚的手勢，接著北方的海面翻起鯨魚出水似的波浪，接二連三，大約在東北、正北和西北方，浮出三艘灰色的潛水艇。

　　史蒂文森上校站在我的旁邊，他失去一貫的冷靜，支吾道：「沒想到……德軍已成功研發出潛水艇。之前我收到過情報，只是沒想過會這麼快……三艘潛艇分布在北方，完全截斷了我們的撤退路線！」

　　不僅是英軍想拖延時間，原來德軍也想拖延時間。

　　他們算計了我們的算計。

　　哪怕古騰堡號無法開火，它仍然是一道鋼鐵屏障，阻擋了往東的航道。

　　西方有群島，有擱淺的風險。

　　往南是德國北岸，等於自投羅網。

往北就會成為潛艇襲擊的對象，即是自尋死路。

計中有計連環計。

但我知道，在這個戰場之上，最可怕的不是潛艇，而是但丁的書靈。

但丁張開巨大的翅膀，似癲若狂地說：

「我記得有一句諺語——鷸蚌相爭，漁人得利。人性總是這麼愚蠢！為了令你們面對罪業，我就讓你們見識一下甚麼是『地獄』！」

但丁拿著書，開始唸咒。

「*Divina Commedia——Inferno*！」

海空彷彿奏起了神秘的旋律，烏雲開始密布，彌留在天際的魂魄光點紛紛落下，反複迴盪語無倫次的呻吟聲。

當那些光點下降到桅頂的高度，竟然——化為死靈的軀體。

昏天暗海，幽靈士兵降落甲板！

數百個幽靈士兵！

這些幽靈士兵全身散發寒光，穿著不知哪來的盔甲，舉起一柄柄陰森恐怖的大刀。他們的目標只有一個，就是要殺盡五條戰艦上的人，將我們逼入地獄一般的絕境！

3

妮妮借用上校的對講機，向全員發出廣播：

「《神曲》共有三種特殊能力，『天堂』是飛行和防禦的翅膀，『煉獄』是一擊必殺的環狀火焰……而『地獄』的能力最誇張，可以將戰場上的亡魂變為幽靈士兵。」

這樣的能力簡直是逆天而行。

我深深不忿地瞪著但丁，又看著聲勢浩大的幽靈兵。

太卑鄙了！

但丁等到死傷人數眾多才出場，就是為了收割成果，發揮「地獄」這項能力的最大效力。

「噢咻！噢咻！」

幽靈兵一同踏步，發出令人毛骨悚然的叫聲。

不只是我、妮妮和上校，即使是沒有書靈戰力的海員，全部都要站出來戰鬥，阻止幽靈兵佔領這艘軍艦。戰列艦上的武器有限，有些人別無選擇之下，只能舉起掃帚迎戰，盡力擋住幽靈兵的大刀。

「沃琅，妳站在我後面！」

我以沃琅為中心點，揮出帶電磁波的銀拳，轟開來犯的幽靈兵。

雖然暫時沒有生命危險，但我疲於奔命，時間一久將會招架不住。

英軍的戰艦、西班牙的戰艦、海明威的海盜船……人人都是沐浴在血戰之中。

我終於明白甚麼是活見鬼。

這樣的光景，真的是活地獄！

最令人痛心的是敵人都是曾死去的同伴，每當我用銀拳打飛他們，都覺得與他們好像有過一面之緣。

「超級累！」

吶喊的同時，我打散了周圍的幽靈兵，趁著回氣的空檔，望向但丁所在的方位。

巴塞隆那號轟出重砲，皇家馬德里號也轟出重砲，兩砲都命中但丁，可是但丁在巨翅保護之下，始終完好無損。這樣的招數我們早就試過了，看來只有運用書靈的力量，才有可能破壞那一對巨翅。

好在我們這邊有火狐，單憑妮妮一己之力，至少消滅了一百個幽靈兵。不到片刻工夫，妮妮幾乎掃光了甲板上的敵人。無奈其他戰艦的情況並不樂觀，都是幽靈兵在佔上風，將一個個海員推到海裡。火狐的操縱距離是兩百米，可是軍艦都排成一直線，妮妮能助陣的範圍相當有限。

妮妮與我對望了一眼，我知道她也在苦思脫險的方法。

我心念一動，向妮妮喊道：

「是不是只要打倒但丁，幽靈兵就會消失？」

妮妮點了點頭，樣子顯得有點無奈。

「如果做得到的話，當然最好……但對手是但丁，難度可是超級的高。」

她這麼說，即是毫無取勝的把握。

唯今之計只有撤退，但德軍已封鎖主要的退路，我們根本陷入了近乎絕望的死局。

但丁這個大將軍開始行動。

他飛過來我們這艘戰艦。

由艦中央的上層平台起步，但丁不緊不慢，有如伸展台上的帥哥模特兒，冷酷自信昂首挺胸。他一邊走過來，一邊冷冷的說：「尼莎白小姐，妳看過浮士德大人的回憶，就知道我是不會殺妳的。現在我要活捉妳，希望妳乖乖就範，不要作出反抗。」

戰場上瞬息萬變。

只是我從來沒想過，但丁才是這一戰的大BOSS！

妮妮怒目而視。

「你憑甚麼要我聽你的？」

但丁冷笑。

「如果妳不聽話，我就把妳的朋友一一殺光。」

說話的當兒，但丁斜睨我一眼，陰森的眼神令我屁股一縮。沃琅正牽著我的臂彎，彷彿是原始的本能，她的身體也在不停顫抖。

只見妮妮雙手各持一書，火狐繞過她背後出來，嘴巴便多了個「X」形的圖紋。

火狐可以將特殊效果傳染給敵人，但火狐自身也要承受效果。像「沉默」這種效果就很適合〔**火狐本來就不會說話**〕，只要灼傷敵人，就能禁止對方唸咒。不過，像「石化」這種效果就不適用，因為火狐變成石頭之後，自身也不能移動。

《馬克白》加上《馴悍記》，這是很強的組合技。

妮妮要戰勝但丁這麼可怕的對手，唯一的勝算就是封鎖他的召喚。

閃焰殺！

火狐快絕無倫，如此高速的突襲，尋常召喚師一定躲避不了。

但丁根本不需要躲避。

他用兩翅搧展前屈，即時擋住了火狐的衝擊，那對巨

翅長達兩米以上，火勢再大也燒不到另一端。

「這就是妳最強的招式嗎？」

但丁露出不屑的眼神。

一下轉折，火狐鑽進了甲板，準備潛行突擊。

可是，但丁是百戰百勝的老將，他的反應何其敏捷，毫不猶豫就飛上了空中，然後對準妮妮俯衝。

下壓抖翅，鷹撲！

妮妮不得不自救，急召火狐上來，破地而出迎擋但丁的直接攻擊。

這次交鋒，火狐和但丁互相撞飛，接著又纏鬥了一會，結果是但丁技勝一籌，狠狠用翼尖將火狐釘壓在甲板上。

「*Divina Commedia——Purgatorio*！」

但丁唸出書咒，使出「煉獄」的能力，一個小圈的黑焰衝天而起，像收縮的緊箍兒一樣擊殺了火狐。

一簇黑焰燒完，甚麼都化為烏有。

書，貴精不貴多。

頂級強者決鬥，勝負往往在毫秒之間，化繁為簡的選擇，在召喚時就能快人一步。由此可見，像《神曲》那種多合一的書靈，堪稱是精煉而成的神器，一書在手橫行天下。

坐以待斃又怎會是我的本色？

我一直在等待機會。

就在黑焰消失的一刻，我已經一躍而起，舉起銀光閃閃的巨拳，向但丁的後側飛撲過去。

磅！

我賭的是但丁輕敵，但他沒有大意，一下急轉身，即時用巨翅攔截我的巨拳。

「還差得遠！」

但丁對我露出輕蔑的笑容。

我繼續用銀拳搶攻，卻被左右搧來的巨翅－－擋住。當我喘不過氣，但丁便轉守為攻，反過來用巨翅砸撞銅環，緩緩進逼毫不費勁，完全是在玩弄我的樣子。

妮妮好了沒？我與但丁糾纏的意義，也是為了幫她爭取時間。

死亡或召回的書靈都會化作靈光，以非常緩慢的速度返回原書，這段等待的時間稱之為「回歸時隔〔Return Interval〕」。就算妮妮能用《巴黎聖母院》的特例復活，也要等到書靈回歸，才能重新召喚火狐。

雖然火狐的速度極快，但它回歸的速度不一樣，妮妮遲遲還未召喚，只能站在原地乾著急。

「*Divina Commedia──Purgatorio*！」

當我退開了五步，沒想到讓但丁有機可乘，召喚出一個大圈的黑色火焰。見過這一招第三次，我終於看懂了玄機，火圈的半徑正是我與但丁之間的距離，即是說愈接近他愈容易被他擊殺。

黑色火牆飆高，向著我收縮。

千鈞一髮的一瞬間，我望向了沃琅。

「*Gone with the Wind*——」

我立刻跳起和升空，只差幾厘米就被黑焰燒中。好險啊！要不是沃琅一直注視著我，剛剛我就已經變成焦炭。

但丁飛快追擊，用豎起的翅膀刺向我。

我用銅環抵擋，而但丁竟然連環狂刺，將我擊飛向地面。雖然擋住致命傷，但我好像受到了腦震盪，全身散架似的，想站也站不起來。我終於明白，但丁的強大是世界巔峰的層次，遠超華格納的女武神。

但丁仍在半空，俯瞰著甲板，然後歪頭瞟向另一邊。

皇家衛士正在飛來！

巴斯也跟著飛來，降落在沃琅的旁邊。他向沃琅說了聲謝謝，沃琅沒有回應，因為她正在專心默唸書咒。

皇家衛士最大的弱點是不能飛，但只要配合《飄》的能力，它就能一飛沖天展開追擊，用巨大的身軀來壓制但丁。

劍矛的攻擊範圍廣闊，皇家衛士連刺兩下之後，就採取守勢等待但丁攻過來。

「嘿，莎士比亞的《哈姆雷特》，我記得絕技是反擊。」

但丁頭腦清晰，沒有中計，只是繞著皇家衛士打轉。

咕嚕、咕嚕……

沃琅面青唇白，快到極限了。

「小妹妹，看來妳的書靈很耗神呢！」

但丁這傢伙居然注意到她的異常。

唰！唰！唰！

皇家衛士接連揮動劍矛，無奈總是慢了半拍，無法打中但丁。但丁背後的雙翅寬廣強勁，明明身在空中，卻可以隨心所欲盤旋，而且進退有度，看破了我們速戰速決的意圖。

沃琅一陣暈眩，《飄》脫手落地。

升空能力解除。

當皇家衛士跌下來的時候，但丁繞到它的後方，身手靈活矯捷，好比神出鬼沒的獵鷹。當皇家衛士雙腳著地，它馬上抬腿回身，但終究是太過笨重，一切為時已晚，但丁已完成了唸咒。

「*Divina Commedia——Purgatorio*！」

只要落地，但丁便可以使用「煉獄」。

黑色的火焰出現，只有一米不到的距離，根本是必殺的範圍。

只見皇家衛士全身浴火，它有多高，黑焰就有多高，然後黑焰隨著崩潰的鎧甲剝落吹散。

爆！

就在但丁得手的瞬間，一道綠色的激光巨矢降臨，直接命中但丁所站的位置，綻放的激光吞噬了黑焰。

炸開一大片煙霧瀰漫的灰燼！

4

不知何時開始，皇家馬德里號已航行到附近，與我們這邊平排，只相差五十來米的距離。

舷側的甲板上面，蘭斯洛正舉起超級巨弩，看準機會射出激光巨矢。脣亡齒寒，如果英軍淪陷，下一個就會輪到西班牙，所以蘭斯洛才會出手偷襲。

煙霧漸漸消散，可見但丁的黑色翅膀爛了大半，只剩斷羽和碎骨。可是在黑色巨翅包覆之下，書主但丁還是沒有受傷。

但丁單膝跪在地上，搖了搖頭。

「真可惜。只差一點。」

這番話就像是貓哭老鼠的語氣。

在我的腦後，忽然傳來妮妮的喊聲：「快揍他！」我怔了一怔，回頭看了她一眼，才蹣跚踏出三步。

就在我猶豫的時候，但丁已唸出書咒：

「*Divina Commedia──Paradiso*！」

下一秒，但丁兩側燃起了黑焰，舊的翅膀化為一縷灰煙飄走，新的翅膀如大鵬展翅一樣張開。

太可惡了！

但丁的《神曲》並非物理系書靈，而是特殊能力系，只要再次召喚，就能重生一雙完好無缺的黑色大翼。

由於超級巨弩儲炮需時，剛剛也來不及補上第二發，錯過了絕無僅有的致勝機會。蘭斯洛搖頭歎息，由於距離夠近，我瞧得見他的嘴巴在説：「時也，命也！現在別無選擇，唯有直接闖過潛艇陣……」

皇家馬德里號繼續航行，方向正是北面。艦上有蘭斯洛坐鎮，殺得幽靈兵片甲不留，船員安全回到崗位，才有辦法開船撤離戰場。

至於巴塞隆那號那邊，幽靈兵的人數遠比活人多，看來是厄運難逃。為了避免全軍覆沒，皇家馬德里號丟下自己人

開船，實在是迫不得已，殘酷的戰場容不下優柔寡斷。

　　當我分心之際，但丁已使勁甩動新的巨翅，重重將我打飛出去。那股衝擊力大得驚人，我貼著地面摩擦滑行，這一次的痛楚可不是説笑的。

　　幸好火狐及時出現，但丁才沒法取我的性命。

　　我忍不住吐出心聲：

　　「這次真的沒命了⋯⋯」

　　皇家衛士R.I.P.之後，我們等於喪失了一半的戰力，勝算簡直就是零。

　　——我們會全軍覆沒嗎？

　　這想法一掠過我的腦海，海面就傳來「轟隆隆」的巨響。望向前面，前方的英軍戰艦發生連環爆炸，從中斷開兩截，瞬即沉沒。翹起的船首和船尾分別往下沉，幽靈兵發出嘻嘻哈哈的笑聲，猶如水鬼有人陪葬一樣興高采烈。

　　乒乒乒乒！潑潑喇喇！

　　周圍戰艦的殺戮聲仍響個不停。

　　史蒂文森上校過去了後方的戰艦，率領部下死命抵抗，情況相當危急，陷入自身難保的局面。

　　一排排軍人明知會送死，仍然昂首踏步，用靈魂之軀阻擋幽靈兵，身負重傷化為英魂，場面何其慘烈！

我知道，他們的勇氣都來自信念。

有戰友相伴，死也不算一回事。

剛剛中了巨翅的重擊，我五臟六腑都在翻滾，痛得倚坐在砲台下面歇息。沃琅搖搖欲墜走過來，肚子咕嚕咕嚕叫個不停，看來她的精神力也快將耗盡，隨時就會昏倒。

我看著她水汪汪的眼睛，誠心道歉：

「對不起，都怪我叫妳上船，才害妳身陷險境。」

「我不後悔。我一點也不後悔。」

沃琅坐下來，牽住我的手，就是陪我等死的意思。

全靠我和巴斯拖延時間，妮妮使用雙手召喚，借著《巴黎聖母院》的復活特能，來讓火狐重上戰場。當下，巴斯也在用《茶花女》的特能，盡力變出絕對防禦的透明牆，阻擋但丁對火狐絕殺的攻擊。

只要火狐這道最後的防線一破，我們全部人只有任由宰殺的命運。多虧了巴斯協助防守，火狐才與但丁鬥得勢均力敵，可是《茶花女》非常耗損精神力，只怕再用不夠十次，巴斯便會精疲力竭倒下來。

臨死的時刻，我的腦袋特別靈光。

──**對了！那本書！**

我張大了嘴巴，差點失聲驚呼。

然後，我指著皇家馬德里號，向沃琅說：

「沃琅，我想到一條妙計，說不定會有救。我想過去那條正在開走的戰艦那邊，妳夠不夠精力送我過去？」

沃琅沒有多問，直接用力點了點頭。

「相信我吧！*Gone with the Wind*──」

她的聲音隨風消逝，我一轉身，就像小飛俠一樣升空。為了減輕沃琅的負擔，我收起了鋼鐵拳頭，現在是赤手捧書的狀態。

有好幾次，我在空中失去浮力，差點往下墮海，但沃琅始終撐過來了。回頭望向她那邊，她正在不停摑自己巴掌，用痛楚來保持清醒。到我安全降落的時候，她馬上就暈倒了。

蘭斯洛在哪裡呢？

湊巧他就在船艙的最外面。

一見面，我就引用邱吉爾的名言：「世上沒有永遠的敵人，只有永遠的利益……所以，敵人的敵人就是盟友。」

瞥眼間，我的背包就在蘭斯洛的腳邊。

因為蘭斯洛戴著面具，我瞧不見他的表情，但他應該對我的說話感到意外，甚至是感到好奇。

「你想怎樣？」

「給我《臭臭貓》這本書。我會用它來打敗但丁。」

蘭斯洛乾瞪著眼。

「你在開玩笑嗎?」

「我是認真的。但丁會飛,就算你能突破潛艇的攔截,他還是會追上來殲滅你。現在要解圍的最好方法,就是一起去打敗但丁。」

蘭斯洛一副想笑的樣子,但他沒笑出來,還是跟我好好說話:

「打敗他?我剛剛試過了,他的書靈太過強大,連我的《格林童話》也無法破防。書靈的差距太懸殊了,我們沒有可以匹敵的書靈。」

「你教過我——精神力才是操縱書靈的根本。書靈再強大也好,要是沒有……」

「好小子!我明白了!虧你想得出來。」

不用我解釋,蘭斯洛已心領神會,打斷我的說話。

雖然這個人曾經欺騙過我,但為了拯救全部人,我願意將生命交託到他的手上,而他看來也願意相信我的主意。

蘭斯洛帶著書,揚了揚斗篷,踏出了艙門。

「去吧!我們一起去打敗但丁!」

5

西班牙的戰艦掉頭回來，接近格列佛號。

船首擺好了跳板。

蘭斯洛和我騎著電單車，轟隆一聲往前飆出，車頭仰起騰飛空中。電單車凌空越過海面，穩穩降落在格列佛號的甲板。

這番特技表演實在驚心動魄，不過蘭斯洛好像知道一定會成功，一著地就擺尾減速，然後蓋書令電單車消失。

船首的甲板變得空蕩蕩的，而船尾那邊傳來激烈的打鬥聲。沃琅正躺在剛剛站立的位置，看起來只是昏睡，並沒有大礙。我看見船員正在搶修軍艦，幸好妮妮清場清得快，所以幽靈兵造成的破壞有限。

「開始行動！我走這邊，你走這邊──」

話音未落，蘭斯洛已奔向左舷的通道，而我沿著右舷往船尾衝刺。

很快到了船尾，我看見妮妮和巴斯的處境相當不妙，空中的火狐顯得傷痕纍纍。但丁依然毫髮無損，連飛也懶得飛，直接逐步向前走，將妮妮和巴斯逼進了死角。

「*Как закалялась сталь*！」

召喚出鋼鐵拳頭之後，我的身體也開始咕咕叫，即是說餘力所剩無幾。

蹬、蹬、蹬！

在木地板上奔跑，只要我有心，很容易發出引人注意的踏步聲。

但丁果然囂張，等到我揮拳相向，他才回頭伸出巨翅，攔截我全力轟出的直拳。

「是你？我還以為你已經逃跑了。怎麼這麼想不開，專程回來送死？」

左一下右一下，但丁不停用巨翅對我狂攻，一邊走路一邊說話，面不紅氣不喘。雖然鐵拳的攻防不如銀拳，但我勉強還撐得住，只不過是不停後退。

儘管處於下風，我嘴巴不認輸，故意挑釁：「我叫方士勇，請你記住我，因為我將會是打敗你的男人！」

但丁覺得聽到天大的笑話，仰首發出一陣狂笑。

「就憑你？」

我由巨翅的下方掠過，不料翅側向橫一振，一股沉重的力量壓下來，將我撥向了船尾的方向。

左肩受了重創，好像脫臼一樣，我痛得舉不起來。

每當但丁踏前一步，我就後退一步。

「*Divina Commedia──Purgatorio*！」

就像死神宣布死期一樣，但丁板著臉唸咒，黑焰分別由黑翅的左右側開始延燒，瞬即密合成包圍我的大火圈。

置身在「煉獄」的火柵之中，我竟然出乎意料的冷靜，克服了對死亡的恐懼。

但丁卻在此時望向妮妮，要脅道：

「尼莎白小姐，妳投降不投降？」

我趕緊向火圈外面大喊：

「千萬不要投降！請相信我！」

但丁聞言，向我投來納罕的目光，我知道他心裡一定瞧不起我，不相信一個乳臭未乾的小子還能有甚麼能耐。

我收起了鋼鐵拳頭，換了另一本書。

「*Smelly Cat*！」

當我召喚完畢，一隻又黑又髒的貓咪飄浮在半空。

但丁身經百戰，他看見在生死攸關的時刻，我竟然使出這麼古怪的書靈，當然會感到相當詫異。

雖然臭臭貓的速度不快，但短短五米左右的距離，它還是一晃眼就飛完半程。我敢說但丁一定有所顧忌，懷疑可愛的外表只是偽裝。他皺了皺眉，就出招擊殺臭臭貓。彷彿只是輕輕碰一下，弱到爆的貓咪隨即慘死，化為一團紫霧，

散發超級臭的臭屁味。

我正站在順風的位置。

帶著惡臭的紫霧隨風飄向但丁。

「臭死了！」

但丁掩鼻大叫。

《臭臭貓》的能力超弱，但侮辱性極強。

一氣之下，但丁立刻下殺手，包圍我的黑焰開始收縮。

我睜大雙眼。

──蘭斯洛！你是天才召喚師的話，這時候就一定會使出那本書吧？

紫霧未散，蘭斯洛已由收窄的黑焰後面竄出。他埋伏在最完美的位置，紫霧和黑焰都遮擋了但丁的視線。

「*Dracula、Dracula、Dracula*！」

蘭斯洛果然沒令我失望，一口氣召喚出幾十隻蝙蝠，全部一擁而上，密密麻麻撲向但丁的身體。

圓滾滾的催眠蝙蝠數量眾多，不管但丁如何遮掩撥擋，還是會有漏洞。即使但丁飛上空中，好幾隻蝙蝠還是咬著他不放。像他這樣的大將軍，一定萬萬沒料到會輸給這種小東西。

咕嚕、咕嚕……

但丁身上發出精神虛弱的警號。

成功了！

四周的黑焰在我的周圍消失，算是讓我撿回一條小命。本來我已做好了犧牲的心理準備，沒想到剛剛但丁受襲，為了專注防守，竟然解除了「煉獄」的能力。

「哼！可惡的小子！」

但丁用兇狠的眼神瞪著我，我也立刻做了個鬼臉。他只遲疑了三秒，便做出了自保的決定，一個轉身，就飛向古騰堡號那邊。

其他軍艦上的幽靈兵都消失了！

如我所料，要使用這麼強大的書靈，在精神方面的代價一定非同小可。說到底，這一次成功只是僥倖，到了下一次決戰，但丁有了防範，這一招就不管用了。

只見但丁一抵達甲板，古騰堡號立即往東面開走，潛艇亦尾隨主艦撤出戰場。

這次可以活命，簡直是萬幸的奇蹟。

我累得雙腿發軟。

「他逃了！快追！」

聽到妮妮的喊聲，我怔了一怔，想了一想，才明白她口中的人是蘭斯洛。

眼前是蘭斯洛騎著電單車的背影。

巴斯已不支倒地，現在只剩下我和妮妮還能跑動。

當我倆追到船首，遠遠就看見紫金色的電單車飛上半空，越海降落在皇家馬德里號那邊。蘭斯洛真是老謀深算！在他支開我之後，竟然回頭架起了跳板。

皇家馬德里全速航行，臨別前，蘭斯洛面向我，做出一個額頭彈指的耍帥動作。

「小兄弟，我跟你滿合得來的，可惜我們各為其主，不然我們應該可以成為知己好友。」

我跺了跺腳，不忿道：

「可惡！被他逃了！」

海戰結束，西班牙順利帶走「黃・五環書」，成為最大的得益者，而我們一無所得……不對，我們救出了國王，雖然代價是損失了四條軍艦，總算是對國民有個交代。

不知道為甚麼，妮妮竟露出似笑非笑的表情。

接著她拿出「一枚」飛鏢——正確來說，那是斷開了的飛鏢，只剩前半截的鏢頭。

「這是《小氣財神》將金幣變成的飛鏢。半截在我手上，另外半截我放了在給你的背包裡。」

我怔怔地看著妮妮。

「我和邱吉爾做過實驗，如果對鋸開兩截的飛鏢解除能力，你猜會出現甚麼現象呢？究竟是變回一枚金幣，還是只剩半枚金幣？實驗結果相當有趣，也讓我們想到了妙用。」

這時我才發現，妮妮打開的書是《十四行詩》。

此書的能力是「解除特殊能力」。

「Sonnets！」

在我面前，她緊緊握住拳頭，手中的飛鏢彷彿產生了巨大的吸力，將她扯向了前面，全靠圍欄阻隔才沒墮海。

不可思議的現象出現了，有個大背包由皇家馬德里號那邊飛過來。妮妮就像使用釣魚竿一樣動手，隔空牽引背包飄來的軌跡，原理似乎就和磁鐵相吸一樣。

到蘭斯洛察覺的時候，背包已在妮妮的懷裡。

好高招！妮妮藏了一手，一直在等蘭斯洛放下背包。真正厲害的老狐狸是妮妮，連蘭斯洛也栽在她的手裡……人家說愈漂亮的女人愈會騙人，這句話果然很有道理。

蘭斯洛瞪了妮妮一眼，便拂開斗篷走進船艙。

另一艘巴塞隆那號也朝同一個方向加速。

就這樣，死傷慘重的德國之旅終於落幕。

接下來就要解開五環書作者之謎。

6

去程的時候英軍出動六艘軍艦。

最後只剩兩艘軍艦歸航。

戰爭就是如此殘酷，人命只是冷冰冰的數字——英軍的罹難人數恰好是四百四十四人。

數字是冰冷的，但人心是有溫度的，在格列佛號的甲板上，今晚亮起了四百四十四盞燭光。晚風吹起了英國的旗幟，下半旗致哀，悼念一縷縷英魂。

我開始沉思——

戰爭到底有甚麼意義？

會不會根本毫無意義可言？

壟斷資源的霸權和既得利益者，慾望無窮無盡，一直透過陰謀詭計欺壓其他人，種下的仇恨總有一天會覆舟。

地下世界——也就是冥界——人死了，會依照老天或者上帝的規則而分流，這個有書靈的世界只是其中之一。但人魂不會老死的話，也就會出現人口爆炸的問題〔**這好像也是某哲學家提出的疑問**〕。

假如戰爭是大自然的規律〔**抱歉我這麼說好像很冷血**〕，那一切就是命中註定的浩劫——除非強國答應支援弱國，強

者願意憐憫弱者，共同分享資源，這樣的世界才會和平⋯⋯在歷史上，這樣的事情好像並不常見。

在這個寒冷的晚上，我低頭看著四百多盞燭光，又舉頭仰望滿天的星光。

「小鬼，你在想甚麼事？」

耳邊響起海明威的聲音，嚇了我一跳。

幸好《十四行詩》的能力奏效，可以清除海明威身上的毒。海明威睡飽了，便帶著他的《時間機器》，登上格列佛號集合。

「我要留在這個世界，協助妮妮打倒浮士德，結束這一切戰爭。」

對著耀目的燭光，我有感而發，不禁說出這番不自量力的豪言。

海明威不僅沒取笑我，還露出讚許之色。

「你就是山姆・詹吉[1]！」

「山姆・詹吉？誰啊？」

「你沒看過《魔戒》嗎？我還以為，對你這一代年輕人來說，這是很流行的小說⋯⋯簡單一句，山姆是主角佛羅多最好的戰友，永遠當他的後盾，陪伴他去拯救世界。」

我一聽完，只是微微一笑。

[1]山姆・詹吉的英文原名是Samwise Gamgee。

耳邊傳來熟悉的女聲：

「晚上好，海明威先生！謝謝你願意幫忙。上校、國王和巴斯已經在指揮塔裡面，恭候你的大駕。」

妮妮突然現身，我頓時面紅耳赤……她甚麼時候上來的？剛剛那番尷尬的話，她有沒有聽到全部呢？

海明威興致勃勃地說：

「那我們快開始吧！就由我來解開五環書的秘密。」

說甚麼不肯借書，只是瞎掰一個理由吧？

海明威好奇心旺盛，當然也想知道五環書的驚世大秘密，不想錯過這樣的世界大事。

就在指揮塔裡的圓桌上，擱著「黃・五環書」。

在國王和史蒂文森上校的面前，海明威大剌剌坐下來。鎖門後，巴斯繞場一圈，確保沒有竊聽設備，便向眾人示意：「可以開始了！」

「*The Time Machine*！」

海明威先唸出書名，再疊放在五環書上面，整本《時間機器》忽然變成了一台精緻的打字機。

接著，天花板浮現一幅圓頂畫，畫中的雲朵緩緩散開，有個男人像天仙下凡一樣飄下來。這男人兩鬢花白，穿著皺巴巴的亞麻布衣褲，只用一條布圍繞腰和臀部，此外亦

佩戴手織項圈和胸飾。

　　「這男人就是原作者。他不會回答任何問題，但他會默默打字，首先會打出書名和自己的署名，然後逐行輸入他創作的故事……」

　　海明威向大家解說「時光打字機」的運作過程。

　　那位作者沒有坐著，而是飄在半空往下伸掌，一下一下敲打圓形的按鍵。

　　書名是……空白。

　　作者是……也是空白一片。

　　打字機就像未裝上色帶，不管字模如何敲擊，還是沒有顯示任何筆跡，整張紙由頭到尾都沒有印出文字。

　　「怎會這樣的？我從未見過這樣的怪事！」

　　海明威既是震驚又是困惑。

　　結果又是白忙一場嗎？

　　隔了半晌，妮妮指著身穿麻衣的作者，向海明威問：

　　「照你的看法，這是哪一國哪個時代的服飾？」

　　海明威捏了捏下巴，回答道：

　　「我覺得……有點像古埃及人。我也不肯定。」

　　妮妮卻附和道：

　　「嗯。我跟你的看法一樣。」

假如這番推斷是正確的，這個發現就是重大的線索，我們就由大海撈針變成了「水池撈針」。

只剩三個月的時間，浮士德就會由長眠中甦醒。

我們來得及解開五環書的秘密嗎？

黑暗的霧中終於出現一線光明。

當晚做夢，我又看見那個獨自走上山丘的男孩。

滿天星斗下，他的表情還是那麼悲傷。

也許，人跟樹是一樣的，愈是嚮往高處的陽光，它的根就愈要伸向黑暗的地底……直到深不見底為止。

【德國篇完】

epilogue 後記

這個系列以國家來為各集命名，由法國篇開始，到今集終於來到了德國篇。

這個篇名説的是戰場的位置，而在故事中登場的名著，其實並不受篇名的限制。譬如今集就出現了俄國的名著，即是《鋼鐵是怎樣煉成的》這本將會陪伴主角成長的重要作品。

雖然是俄國名著，但這部作品在中國比較廣為人知——在共產黨歌頌推動之下，幾乎是上一代中國學生及青年必讀的俄國作品。

這樣的書成為主角的「絕招」，當然是別有用心的安排，而我在十多年前構思整個系列，早就有了這樣的打算。而浮士德所用的《國富論》，正是暗喻了令人又愛又恨的資本主義。

馬克思與資本主義、獨裁與民主、文學的價值、戰爭的意義……明明是寫給年輕讀者的通俗小説，卻嘗試探討這些深奧的主題，坦白説我也覺得自己太過亂來。

也不知道為甚麼，當我創作這個故事，就像跟角色一同冒險，自自然然就跟著他們一同思考人生哲理。

在世上最難的事莫過於追尋真理。

對與錯，並不是一句話就可以斷言。

有時候可能要等到人生最後的階段，我們好好回顧歷史，才能徹悟何謂錯對。

「只有知道了書的結尾，才會明白書的開頭。」

這句話就是哲學家叔本華的名言。

未來數年，我將會全力發展「BOOK WARS」這個系列。

大家也不用再聽到「遙遙無期」這種晦氣話，因為我會傾盡人生黃金時期的創作力，貫注筆魂燃燒生命，總之絕對會賭上一切來完成這部作品。

假如你喜歡這部作品，我希望能得到你的支持。

哪怕你平時沒時間讀書，在此也拜託你先買書，因為本出版社的資金真的很緊絀。假如沒有得到讀者的支持，某一集的銷量變差，我真的沒有資金繼續出版下去。

各位讀者大人哪！如果你嫌這個故事太幼稚，我就厚臉皮一點，拜託你買給親戚或鄰家的小朋友……因為近年市道不好，香港家庭都往外移，出版業已到了危急存亡之冬，要當香港人的小說家真的很不容易。

等待整套作品完成再買的話，只怕可能等不到那一天。

當初創作這部作品的時候，主角的背景設定在單親家庭長大，因為思念他不幸逝世的母親，偶然踏上冒險之旅。十多年後，我的兒子同樣有這樣的背景，我知道他有一天會思念母親，有一天他也會翻閱我的小說。彷彿一切都是命中註定，這部作品也有了更特別的意義。

我要為我的兒子創作這個故事。

穿越時代，超越生死，文學記錄的是人性。

而文字就有這樣的力量，傳達深入靈魂的愛意。

天航

2024 年炎夏

Book Wars Vol.3

書中自有五環戰士
【德國篇】

作　　者	天航
插　　畫	KAI
設　　計	許立琦
排　　版	廖振堯
編　　輯	阿丁

出　　版	天航文創(南軟)有限公司
	出版負責人：黃黎兼
發　　行	泛華發行代理有限公司
	香港新界將軍澳工業邨駿昌街七號
	電話：27982220
承　　印	美雅印刷製本有限公司
出版日期	2024年7月　初版
ISBN	978-988-76851-6-6

此故事之所有內容純屬虛構，
如有雷同，實屬巧合。

版權所有，翻印必究　Printed in Hong Kong